ギリシア海運王の隠された双子

ペニー・ジョーダン　作
柿原日出子　訳

ハーレクイン・ロマンス
東京・ロンドン・トロント・パリ・ニューヨーク・アムステルダム
ハンブルク・ストックホルム・ミラノ・シドニー・マドリッド・ワルシャワ
ブダペスト・リオデジャネイロ・ルクセンブルク・フリブール・ムンバイ

MARRIAGE: TO CLAIM HIS TWINS

by Penny Jordan

Published by Harlequin Japan, a Division of K.K. HarperCollins Japan, 2024

ペニー・ジョーダン

1946年にイギリスのランカシャーに生まれ、10代で引っ越したチェシャーに生涯暮らした。学校を卒業して銀行に勤めていた頃に夫からタイプライターを贈られ、執筆をスタート。以前から大ファンだったハーレクインに原稿を送ったところ、1作目にして編集者の目に留まり、デビューが決まったという天性の作家だった。2011年12月、がんのため65歳の若さで生涯を閉じる。晩年は病にあっても果敢に執筆を続け、同年10月に書き上げた『純愛の城』が遺作となった。

主要登場人物

ルビー・ウェアハム……………………………シングルマザー。
フレディー、ハリー……………………………ルビーの双子の息子たち。
リジー、チャーリー……………………………ルビーの姉たち。
アレクサンダー・コンスタンティナコス……実業家。愛称サンダー。
エレナ……………………………………………サンダーの妹。
アンナ……………………………………………サンダーの家の家政婦。

プロローグ

アレクサンダー・コンスタンティナコスは、ギリシアのイオニア諸島のひとつ、テオポリス島にある自宅の豪華な応接間の中央に立っていた。亡き祖父が創立した世界的な海運会社の経営者であり、やり手の億万長者でもある彼の視線は、手にした一枚の写真に注がれていた。そこに写っているのは、双子の男の子とその母親だった。

黒い髪にブロンズ色の肌、黒い目をした二つのそっくりな顔がアレクサンダーを見返し、母親は傍らで膝をついている。三人ともいかにも安っぽい服を身につけ、みすぼらしく見えた。

長身に黒い髪、人の上に立つ勝利者の精悍《せいかん》な面立ち、そして二千年も受け継がれてきた端整な容貌《ようぼう》は、アレクサンダーの精神に刻まれた決断力と同じように、他者を畏怖《いふ》させずにはおかない。いま、静まり返った部屋に立つ彼の頭の中では、妹が口にした非難の言葉が鳴り響いていた。

「絶対にあなたの息子よ」妹のエレナは弟のニコスを責めた。「この子たちはわたしたち一族の顔をしているわ。あなたはマンチェスターの大学に通っていたでしょう」

写真はエレナが夫の家族を訪ねたあと、マンチェスター空港を通ったときに携帯電話で撮ったものだった。近しい者からはサンダーと呼ばれているアレクサンダーの脳裏には、すでにその双子の男の子の顔がしっかりと刻まれていた。エレナの言葉を確認したり、いつまでも写真を眺めていたりする必要はなかった。

「子どものことなど、ぼくは何も知らない」弟のニコスが沈黙を破った。「誓ってぼくの子どもじゃない、サンダー。ぼくを信じてくれ」

「もちろん、あなたの子どもよ」エレナが弟に言い返した。「顔を見てごらんなさい。ニコスは嘘《うそ》をついているのよ、サンダー。子どもたちがコンスタンティナコス家の顔をしているのは明らかだわ」

サンダーは、子どものころと同じようにいまにもけんかを始めそうなエレナとニコスを見やった。エレナとニコスは二歳しか離れていないが、サンダーはエレナより五歳、ニコスより七歳上だった。そして、家族の中で唯一の大人だった祖父が亡くなると、当然のようにサンダーは二人の父親代わりとなった。そのため、二人が口論を始めると、よく仲裁に入ったものだった。

だが、今度ばかりはその必要はなかった。

サンダーはもう一度写真を見てから、そっけない口調で言った。「ぼくたちの一族の顔だが、父親はニコスではない。ニコスは本当のことを言っている。この双子はニコスの子どもではない」

エレナはじっとサンダーを見た。「どうしてわかるの？」

サンダーは窓のほうを向き、水平線と紺碧《こんぺき》のエーゲ海が接するあたりに目をやった。外見は穏やかに見えるが、彼の心臓は猛烈な勢いで打っていた。頭の中では、さまざまな光景が浮かび、忘れていたはずの記憶がよみがえっていた。

「ぼくの子どもだからだ」

サンダーが答えるなり、エレナの目が大きく見開かれた。

ショックを受けたのは妹だけではなかった。妹に携帯電話の写真を見せられたときは、サンダーもショックを受けた。父親そっくりの男の子たちの傍らで膝をついている若い女性を知っていたからだ。不思議なことに、彼女はマンチェスターのクラブで会ったときよりも若く見えた。クラブは若いサッカー選手のたまり場になっていたので、選手を追いかけて若い女性がよくやってきた。サンダーは仕事関係の知人にそこへ連れていかれた。知人はサンダーに意味ありげな笑みを投げかけたあとで、さっさと女の子をひっかけに行った。

サンダーの口もとがこわばった。あの夜の記憶は心の奥深くに葬ったはずだった。

濃い化粧をし、体にぴったりした、ひどく露出度の高い服を着た若い女性に誘われ、サンダーは一夜限りの関係を持った。クラブの片隅で、彼女はまるでベッドへ引っ張りこもうとするかのようにサンダーの手を取った。あの夜のように情状酌量の余地があったとしても、自尊心のある男なら、決して自慢できる出来事ではない。クラブに出入りする高級取りの若いサッカー選手を求めて若い女が大勢押しかけていたが、彼女もそのひとりだった。金持ちの恋人か、あわよくば金持ちの夫を見つけたいというのが、貪欲《どんよく》で道徳心のかけらもない彼女たちの望みだった。のちに聞いたところでは、クラブはそんな若い女たちがたむろする場として有名だったという。

サンダーは怒りからその女性とベッドをともにした。彼を駆りたてた彼女と、彼の人生を支配しようとしている祖父に対する怒りだった。祖父は会社の運営に関して、サンダーに発言権をあまり与えようとせず、時代の流れに乗ることを頑固に拒否して、徐々に会社を傾かせていった。両親に対する怒りもあった。十年以上も前のことになるが、父は三人の子どもを残して亡くなり、義務から父と結婚した母は、夫とは別の男を愛しつづけていた。こうしたもろもろの事情が重なり、怒りが彼の中で大きくふくれあがったのだ。

そしていま、その結果が目の前にあった。

息子たち。

ぼくの息子。

サンダーはこれまでに経験したことのない感覚にとらわれた。実際に体験しなかったら、こんな感覚にとらわれるなどありえないときっぱり否定していたことだろう。彼はきわめて現代的な人間だった。感情ではなく、論理の人であり、いま感じているたぐいの感情をいだいたりはしない人間だった。なのにいま、感傷的かつ本能的で、彼の心を引き裂かんばかりの感情が強く主張していた。男の子は、特にサンダーの息子は、彼と同じ屋根の下に住まなくてはいけない、と。

二人の男の子はぼくの息子だ。つまり、子どもの居場所はイギリスではなく、ここだ。ぼくの息子であるということ、テオポリス島のコンスタンティナコスの一族であることがどういう意味を持つかをここで学び、伝統を受け継ぐ一族のひとりになっていくのだ。伝統文化に根ざしたサンダーの責任感は、彼が二人の父親になり、二人を教え導くように要求していた。ぼくの息子たちは彼らを産んだ女によってどれほどの悪影響を受けているのだろう？

まったく何も知らずに、ぼくは父親になってしまった。だが、知ってしまった以上、何があっても二人の本来の居場所であるこのテオポリス島に連れてくる。サンダーは心に誓った。

1

玄関の呼び鈴が鳴り、ルビーはトイレの床によつんばいになったまま悪態をついた。誰か知らないけれど、このままあきらめて帰ってほしい、どうか心穏やかに掃除を続けさせて、と願う。だが、また呼び鈴が鳴った。今度はずいぶん気ぜわしい鳴らし方で、呼び鈴のボタンをたたくように押している。

ルビーはまた小さな声で悪態をつき、汗まみれになりながらトイレから出た。双子の息子が学校に行っているあいだに急いで掃除を終えなければならず、邪魔をされたくなかった。彼女は立ちあがり、柔らかなブロンドの巻き毛を顔から払いながら、二人の姉や息子と住んでいる家の玄関へと向かった。

「ねえ、わたしは……」ドアを開け、戸口の石段に立っている男性を見たとたん、驚きのあまりルビーは言葉を失った。

続いて、信じられない思い、怒り、恐れ、とまどい、それに自分でも何かよくわからない鋭い感情に貫かれ、体じゅうで火の玉が爆発した気がした。全身から力が抜けていき、足もとがふらつく。次々と感情の波が押し寄せて、ルビーは心の中で激しく身震いした。

当然のことながら、彼は黒っぽいビジネススーツに糊《のり》のきいた青いシャツという完璧《かんぺき》な身なりをしていた。一方、ルビーは着古したジーンズにだぶだぶのシャツという格好だった。もっとも、彼女にとっては身なりなどどうでもよかった。彼の関心を引きたい理由などないのだから。そうでしょう？　魅力的だと思われたい、彼の称賛を得られる身なりをしていたいと思う理由など何もなかった。

実際に体が震えそうになり、ルビーは腹部に力をこめた。夢の中によく現れた彼の顔はまったく変わっていなかった。歳月を感じさせなかった。彼女をすっかり魅了した濃い金色の瞳は相変わらず抵抗しがたい魅力をたたえている。変わったことがあるとしたら、ルビーが覚えているよりもはるかにハンサムで精力的に見えることくらいだ。以前と違い、大人の女になったいまは、彼がとてもセクシーな男性だとすぐに気づいたせいかしら？　本当のところはルビーにはわからなかったし、わかりたくもなかった。

信じられない思いから凍りついたように黙っているうちに、ルビーの中の恐怖が陽光を浴びた雪のようにしだいに溶けて危険な状態になった。心まで溶けてしまったの？　いいえ、ありえない！　かつてアレクサンダー・コンスタンティナコスがわたしの心に大きな影響を与えたとしても、いま彼にそんな力はない。

なのに、思わず感情をさらけだす言葉がルビーの豊かな唇からこぼれ出た。「あなた……」

ルビーという名は、彼女の唇に由来する。生まれつき赤みを帯びた豊かな唇をしていたので、両親がそう名づけたのだ。

サンダーの金色の目が軽蔑《けいべつ》と傲慢《ごうまん》さのまじった光を放った。ジャングルの王者を思わせる目の色は、彼の故郷である地中海の島の支配者にふさわしい。

ルビーは反射的にドアを閉めようとした。彼だけでなく、彼が象徴するすべてを締めだしたかった。だが、彼はすばやくドアをつかんでこじ開け、玄関に入ってきた。それから後ろ手にドアを閉めたので、二人は洗剤のにおいがする家庭的な空気に包まれた。

しかし、洗剤のにおいも、ルビーを彼の香りから守ってくれるほど強くはなかった。うなじの毛が逆立ち、ぞくぞくするような興奮が背筋を駆け抜ける。

ばかばかしい。あの夜、サンダーにとってわたしは取るに足りない存在だった。同じように、いまのわたしにとって彼はなんの意味もない。けれど、こんなことを考えてはいけない。考えるべきは、現在のわたしのこと。双子が生まれたときに、過去とは決別したはずよ。ルビーは自分に思い出させた。

とはいえ、まさかこんな形で再び過去と向き合う羽目になるとは思ってもいなかった。動揺しながらもルビーは現実を直視し、サンダーから主導権を奪い取ろうとした。「ここで何をしているの？　何が欲しいの？」たたみかけるように尋ねる。

官能的な期待をいだかせる豊かな下唇と形のいい上唇を持つサンダーの口は完璧なまでに美しい。だが、いまその口は固く結ばれ、官能的な雰囲気はみじんもなかった。そして彼の口から出てきた言葉は、あの冬の朝、マンチェスターのホテルにルビーをひとり残して去っていったときの外気のように冷ややかだった。

「その答えなら、きみがよく知っているはずだ」以前と同じく、なまりのない流暢《りゅうちょう》な英語でサンダーは言った。「ぼくが欲しいのは、ぼくの息子たちだ。ここにやってきたのは、息子を手に入れるためだ」

「あなたの息子ですって？」双子の息子を心から誇りに思い、母親として全身全霊で守りたいと思っているルビーにとって、サンダーの言葉ほど怒りをかきたてるものはなかった。いつもは穏やかな顔は赤く染まり、青緑色の目は怒りの炎を宿していた。

この男性がわたしを奪い、利用し、こともなげに去っていってから、六年以上がたつ。わたしはあの日、衝動的に買ってしまった安物の服のように、彼にあっさり捨てられたのだ。もちろん、あの運命の日に起こった出来事は、何もかも自分のせいだと自覚している。いくらアルコールが入っていたとはいえ、こちらから誘惑したのだから。

あの夜の振る舞いについては、どんなに言い訳しようと、恥ずかしくてたまらない。けれど、行為の結果については決して恥じていない。かわいい最愛の息子たちを恥だとは決して思わないし、息子たちが生まれた瞬間から、息子が自慢できる母親に、一緒にいて息子たちが安心できる母親になると決めたのだ。妊娠したいきさつは悔やんでも、過去に戻って妊娠をなかったことにしたいとは思わない。息子たちはわたしの命そのものだ。

「わたしの息子は――」話しはじめたとたん、ルビーはサンダーに遮られた。

「ぼくの息子だ。ぼくの国では、子どもを要求する権利は父親にある。母親ではなく」

「あなたは息子の父親ではないわ」ルビーは断固たる口調で否定した。

「嘘《うそ》だ」サンダーはジャケットのポケットから写真を取りだし、ルビーの前に突きだした。

ルビーの顔から血の気が引いた。写真は、イタリアへ発《た》つ二番目の姉をみんなでマンチェスター空港に見送りに行ったときに撮られたものだった。双子の息子と父親である男性とはうり二つだ。幼いながらも双子が漂わせている傲慢で男らしい雰囲気まで、父親にそっくりだった。遺伝子の成せる業としか言いようがなかった。

リビーの顔が赤くなったり青くなったりするのを見て、サンダーはいかにも勝ち誇ったようなまなざしを彼女に注いだ。むろん、二人の男の子はぼくの息子だ。妹の携帯電話の写真を見た瞬間にわかった。自分にそっくりな双子の写真を目にして、これまで体験したことのない感情に襲われた。

サンダーが私立探偵を雇ってルビーを見つけだすまで、さほど時間はかからなかった。しかし、報告書を見てサンダーは眉をひそめた。ルビーが子どもを懸命に育てている愛情深い母親で、息子たちを箇単には手放しそうにないとわかったからだ。だが、サンダーは、彼女の献身的な愛情を利用して息子たちをあきらめさせることができるかもしれないと考えていた。

「息子たちの居場所は、ギリシアの島にあるぼくの家だ。島はいずれ息子たちのものになる。母国の法律では、子どもはぼくのものだ」

「あなたのもの？　子どもは誰かの所有物ではないわ。それに、この国の裁判所は子どもをわたしから取りあげるようなことはさせないわ」パニックに陥りそうになったものの、サンダーの前でうろたえたりしてはいけないと、ルビーは必死になって平静を装った。

「そうかな？　きみはお姉さんの家に住んでいる。そのお姉さんも、家のローンを払えなくなっている。きみは、たくわえも仕事もない。仕事に就くための教育も受けていない。つまり、何もない。それに引き換え、ぼくはきみが子どもに与えてやれないものをすべて与えることができる。家も、すばらしい教育も、将来も」

ルビーは、サンダーが徹底的に彼女の身辺調査をしたことを知って動揺したが、一歩も引かない覚悟だった。彼に圧倒されるつもりもなかった。

「ええ、そうかもしれない。でも、あなたは息子たちに愛情を与えられるかしら？　心から愛され、望まれているのだと息子たちに気づかせることができるかしら？　もちろん、できないわ。あなたは息子たちを愛していないんだもの。息子たちを知らないのだから、愛せるはずがないでしょう」

さあ、答えられるものなら、答えてみなさい！

断固とした態度をとりながらも、ルビーは心の中ではわかっていた。サンダーが、最後にはルビーが直面せざるをえない問題を持ちだしたことを。

「いつの日か、父親が誰で、どんな家系なのか、子どもたちが知りたがる日が訪れるでしょう。そのことはわかっているわ」

ルビーにとってそれを認めるのはつらいことだった。子どもに質問され、〝お父さんはいるけれど、外国に住んでいるの〟と答えるのと同じくらいに。妊娠した事情が事情なだけに、息子たちに与えられないものがあることを思い出したのだ。息子たちが十代になるころにはもっと鋭くて生意気な質問を浴びせてくるに違いない。

胸の内に生じた不安を隠したくて、ルビーはサンダーから視線をそらした。子どもたちが生まれたいきさつを話すという問題はずっと心に重くのしかかっていた。いまのところ、息子たちは母親の説明をそのまま受け入れている。小学校では、父親と一緒に暮らしていない子どもたちがほかにも大勢いた。しかし、いずれ息子たちはもっと多くの質問を投げかけるようになるだろう。できるなら、母親を非難することなく事実を冷静に受け入れられる年齢になるまで真実を話さずにすめばいい、とルビーは思っていた。

いま、サンダーはルビーがなんとか先送りにしようとしている問題を突きつけている。ルビーは何よりも子どもたちのいい母親でありたいと願っていた。そして、息子たちに愛情に満ちた幸福な子ども時代を送らせたい、と。家族に愛されていると知りながら成長し、自信に満ちた幸せな人生を送ってほしかった。人間関係の件で心配させるのは、なんとしても避けたい。だからこそ、誰とも関係を持たないと心に決めていた。次々と、おじや義父が現れるような生活を息子たちにはさせたくなかった。

ところが、突然サンダーが現れ、残酷な要求と手厳しい問いを突きつけ、誕生にまつわる事実に対する息子たちの反応と彼らの将来について考えるようルビーに迫っている。息子たちには愛してくれる父親がいない――それこそが考えなくてはいけない事実だった。

怒りと恐怖が全身にわき起こり、ルビーはサンダーに問いただした。「どうしてこんなまねをするの？　子どもたちはあなたにとってなんの意味もないでしょう。もう五歳よ。あなたはいままで子どもたちの存在すら知らなかったのに」

「そのとおりだ。だが、ぼくにとって子どもたちは意味がないというのは間違っている。息子たちはぼくの血を引いている。その一点だけでも、子どもたちをぼくの一族の中で育てる責任がぼくにはある」

双子の写真を見たときに押し寄せてきた感情について、サンダーはルビーに話すつもりはなかった。それは自分でもまだ理解できていない感情だった。ただし、写真のせいでここに来たことと、彼女が息子を渡してくれるまでは何度でもここに来ることだけはわかっていた。

「子どもたちを育てるのは経済的に大変だっただろう」

サンダーは同情しているの？　ルビーはすぐに警戒心をいだいた。わたしがいちばん大変な思いをしたのは、わたしとベッドをともにして、すぐさま去っていった男性の子を十七歳の身で妊娠したことに気づいたときよ。そう言いたかったが、なんとか思いとどまった。

サンダーはさっと手を振って玄関広間を示した。

「たとえきみのお姉さんがこの家のローンを払いつづけることができたとしても、もしお姉さんのどちらかが結婚して家を出ていったらどうなるか、考えたことはあるのか？　いまのところ、きみはお姉さんたちの善意にすがっている。子どものことを親身になって考える母親なら、息子たちに最高の教育と快適な生活環境を与えたいと願うはずだ。ぼくはその両方を子どもたちに与え、きみにはひとりで生活できるだけの金を用意することができる。四六時中、幼い子どもたちに縛りつけられていては、きみも人生を楽しめないだろう」

サンダーの申し出の意味を理解するなり、警戒心をいだいたのは正しかったとルビーは悟った。わたしが息子を売るとサンダーは本気で思っているのだろうか？　彼の申し出がいかに腹立たしいものか、わからないの？　それとも、そんなことは気にもかけないのだろうか？

サンダーの話を聞き、ルビーは言葉に気をつけなければいけないと思った。いま姉妹が陥っている経済的な困窮について認めたりしたら、あとあと彼はこの情報を活用してわたしを不利な立場に追いこむに違いない。ルビーは腹立たしい思いを抑えて言い返した。「息子たちはまだ五歳なの。いまは学校に行っているので、これからわたしは自分の勉強を続けるつもりよ。楽しみに関しては、息子たちがわたしの望む楽しみをすべて与えてくれているわ」

「こんなことを言っては失礼だが、ぼくたちが会ったときの状況を考えれば、とても信じられないな」

口調こそ穏やかだが、サンダーの指摘は実に辛辣《しんらつ》だった。

「もう六年も前のことよ。それにあのときは……」

ルビーは言葉を切った。サンダーに説明する必要などない。どうしてわたしが向こう見ずな行為に走って妊娠する羽目になったのか、いちばん近しい存在の姉たちは知っているし、理解してくれている。それで充分だ。わたしに対する姉たちの支持が揺らいだことは一度もなかった。サンダーには何ひとつ借りはないし、傷つきやすかった十代のころの状況を話す義務などない。「昔は昔」ルビーは言い直し、きっぱりとつけ加えた。「いまはいまよ」

いかにもわかっているというまなざしを注ぐサンダーに、あなたは思い違いをしている、とルビーは言いたかった。わたしはあなたが思っているような女ではなく、あの夜は本来の自分ではなかったのだ、と。だが、理性と自尊心がルビーを押しとどめた。

「息子たちをぼくに渡してくれたら、きみにはその見返りとして、充分すぎるほどの経済的な補償をするつもりだ」サンダーは続けた。「本当にたっぷりと礼をする。きみはまだ若い」

実際、二人が出会ったときのルビーが十七歳だったと知って、サンダーは驚いた。派手な服を着て濃い化粧をしていたので、もっと年が上だと思っていた。ふとサンダーは眉をひそめた。あまりにも若い女の子をベッドに誘ったことを知り、ぼくは自己嫌悪に苛《さいな》まれた。もしベッドに入る前に彼女の年齢を知っていたら……どうした？　彼女を厳しく叱《しか》り、タクシーで家まで送っただろうか？　あの夜、自制心さえ働いていたら、年齢に関係なく、彼女と寝てはいなかった。

だが、残念ながら、サンダーは自分をコントロールできていなかった。それまでも、その後も経験したことのない怒りと欲求不満にとらわれ、彼の中では粗野で冷酷な感情の嵐《あらし》が吹き荒れていた。そのため、いまだに彼の自尊心と自意識を苦しめる行為へと走ってしまったのだ。なかにはそうした行為を自慢する男もいるかもしれないが、サンダーは自分をもっとましな人間だと信じていた。だが、間違っていた。あのときの無分別な行為のあかしが、我が子という形となって、いま彼の前に立ちはだかっている。自分の愚かな行為のせいで息子たちが苦しまないようにするのが自分の責務だ、とサンダーは思った。だからこそ、ここまで来たのだ。そして目的のものを手に入れるまで帰るつもりはなかった。

本当にそれだけだろうか？　不意にわき起こった疑問を、サンダーは頭から締めだした。

ルビーはかぶりを振った。「わたしの子どもをお金で買うというの？」

彼女の声とまなざしの中に、サンダーは敵意を感じ取った。

「あなたが話しているのはそういうことよ」ルビーは彼を非難し、さらに続けた。「あなたを息子たちの人生にかかわらせようとわたしが考えたとしても、たったいまあなたが口にした言葉を聞いて、気が変わったわ。あなたがどんな申し出をしようと、子どもとの接触をあなたに許す気はないわ。もし接触を許したら、子どもが情緒面で危機にさらされるに決まっているもの」

ルビーの言葉はサンダーの心にずしりとこたえた。彼が認めたくない以上に。サンダーは高い自尊心と大きな権力を持ち、彼の命令に人が従うことに慣れているだけでなく、尊敬と称賛を浴びるのが当たり前になっていた。それゆえ、ルビーに非難されて深く傷ついた。誰かに拒否されることにも慣れていなかった。ましてや、あからさまに彼に言い寄ってきた、露出度の高い服を着た売春婦もどきの女に拒否されたためしはなかった。もっとも、いまの彼女はあのときの厚化粧をした女の子とはまったく違っていた。色あせたジーンズにだぶだぶのシャツを着て、化粧はまったくしていないし、髪は自然にカールするに任せている。記憶の中の彼女は安っぽい香水のにおいをぷんぷんさせていた。一方、目の前にいる女性からは洗剤のにおいが漂ってくる。彼女の反発を抑えつけるには、方針を転換するしかない。彼はまたたく間に実行に移した。

「ぼくがきみに提供できるものは何もないかもしれないが、ぼくの息子に提供できるものについてはどうかな？　先ほど、きみは子どもたちの情緒について言及した。子どもたちが大きくなったとき、母親が父親について何も教えず、子どもたちの権利を一方的に放棄したと知ったら、彼らはどう思うだろうか？　考えたことはあるかい？」

「ずるいわ」ルビーは憤然として言った。サンダーは彼女の最大の弱みをついてきたのだ。

「生まれながらにして持っている権利や父親のことを知る機会を息子に与えないほうが、よほどずるいんじゃないか？」

「婚外子としての権利？」恐ろしい言葉を発するなり口の中に苦い味が広がったが、言わなければいけないことだった。「あなたの嫡出子よりも劣る地位に甘んじ、奥さまの恨みも買うわけね」

「ぼくにはほかに子どもはいないし、妻もいない」

どうして心臓がこんなにも激しく打つのかしら？　ルビーはいぶかった。サンダーが結婚していようがいまいが、わたしには関係ないでしょう？

「はっきりと言っておく。ルビー、ぼくは息子をぼくのものにする。あらゆる手立てを尽くし、どんな手段を使ってでも」


ルビーは口の中がからからに乾くのを感じた。親に誘拐され、外国に連れ去られる子どもたちの話を何かで読んだことがあったが、いま一気にその話が現実味を帯びてよみがえった。サンダーは大金持ちで、力も持っている。そのことを知ったのは、彼とベッドをともにしたあとだった。そして、愚かにも彼が戻ってくるのを夢見て、彼に関することならなんでも知りたいと、できる限りの情報を集めた。やがてどうにもならない現実に直面し、サンダーがルビーと結婚して彼女の面倒を見るという将来像は単なる幻想にすぎないと悟った。亡くなった両親の代わりにルビーを守ってくれる人を見つけたいという欲求が生んだ幻想だったのだ。

確かに、物質的にはサンダーのほうが多くのものを息子たちに与えることができるだろう。サンダーが残酷にも予言したように、息子たちは父親の富がもたらす便益を母親のせいで受け取ることができなかったと非難する日がくるかもしれない。それ以上に、父親の存在を教えなかったとなじられるかもしれない。誰でも知っているように、男の子というものは、成長する過程で強い男性の存在を必要とする。息子たちの人生に男性の影響が欠けていることをルビーはひそかに心配していた。

何か解決策はないかと思案することはあったが、まさか息子たちの実の父親が姿を現すという形で解決策が出てこようとは思ってもいなかった。優しい祖父のような男性が近くにいればいいと思うことはあった。息子たちが生まれたあと、ルビーは男性とは二度と関係を持たないと決めていた。仮にすばらしい男性が現れたとしても、息子たちの人生においてほんの一時的な父親で終わるかもしれないからだ。そうした危険を冒すより、独身でいるほうがずっといい。

とはいえ、心の底では、子どもは互いに思いやりを持った両親のもとで育つのがいちばんだとルビーも思っていた。

父親と母親の関係が安定していない家庭では、子どもたちがひどい被害を受けるということも知っていた。

いま崖《がけ》っぷちに立たされたルビーは、ひしひしと感じた。これからわたしが決めることが息子たちの一生に大きな影響を与えるのだ、と。姉たちがそばにいて助けてくれたらどんなにいいだろう。だが、二人とも不在だった。

リジーにもチャーリーにもそれぞれの人生があり、最終的には息子のことはわたしが責任を持たなければならない。息子たちの運命はわたしの手の中にある。サンダーは息子を自分のものにすると宣言した。彼は裕福な有力者で、カリスマ性のある男性だ。息子たちは父親と一緒にいるべきだと第三者を説得するのは、彼にとっては造作もないだろう。でも、わたしは息子たちの母親だ。わたしから息子を取りあげさせたりはしない。わたし自身のためというより、息子たちのために。

サンダーは息子たちを愛してはいない。ただ欲しいだけだ。彼には愛が何かということが理解できないのではないかしら？　ええ、そうよ、彼は息子たちに物質的な幸せを与えることはできるけれど、子どもにはそれ以上のものが必要だ。息子たちには母親が必要なのだ。わたしは息子を産み、育ててきた。わたしが息子を必要としている以上に、息子はわたしを必要としている。

息子を欲しいというサンダーの要求を止められないのなら、わたしがずっと息子たちのそばにいるということを息子たちのためにはっきりさせる必要がある。もちろん、サンダーは望まないだろう。彼はわたしを軽蔑し、嫌っているのだから。

頭の中で生まれた解決策に反対するように、ルビーの心臓が大きく打ちはじめ、動悸《どうき》が激しくなった。しかし、もはやその解決策を無視することはできなかった。

息子と一緒に住むためにはどんなことでもする、とサンダーは言った。彼の決意が本物かどうか確かめてみよう。息子のためなら、わたしは犠牲を払ってもかまわない。どんな犠牲であっても。彼に突きつける難題は、わたしにとっても危険きわまりないものだ。けれど、二人の息子を守るためなら、危険を冒す覚悟はある。結局はわたしが勝つだろう。サンダーはわたしが突きつける条件をはねつけるに違いない。それは確かだ。ルビーは止めていた息をゆっくりと吐きだした。

「さっき、息子たちの居場所はあなたのそばだと言ったわね？」

「そうだ」

「いま息子たちは五歳で、わたしは彼らの母親なの」ルビーは大きく息を吸った。神経質になって声が震えないよう望みながら、高ぶる感情を抑えようとした。「あなたが言ったように本当に子どもたちの幸せを考えているなら、母親のわたしから離すには子どもたちは幼すぎるということを知っておくべきね」

認めたくはないが、ルビーの言うことには一理ある。サンダーは認めないわけにはいかなかった。

「なぜ息子たちが欲しいのか、あなたの動機がしっかりしたものであることを証明する必要があるわ、サンダー」ルビーは続けた。「つまり、息子たちを自分のものにすることが単なるお金持ちの気まぐれではないことをね。あなたが息子たちと一緒に暮らすのを認められる方法はひとつしかないわ。わたしが息子と一緒にそこに行くこと。息子たちの母親として、あなたの妻として」

2

ああ、ついに言ってしまった。サンダーに挑戦してしまった。

沈黙が続くなか、呼吸さえままならないルビーの耳に、鼓動がどくどくと響いた。サンダーが要求を拒否するのを待った。ルビーには彼が拒否するとわかっていた。そして拒否した段階で自ら身を引き、子どもたちの居場所は母親のそばだという事実を受け入れざるをえないだろう。

体が震えないよう必死に自制心をかき集めながらも、とんでもない要求を口にする勇気がよくあったものだとルビーは我ながら信じられない思いだった。サンダーがショックを受けたことは表情からわかったが、すぐに彼はその反応を消した。

結婚……。サンダーは頭の中ですばやく検討した。息子は欲しい。それは紛れもない事実だし、二人がぼくの子どもであることも事実だ。母親と結婚すれば、息子たちに対するすべての権利を手にできる。だが、ルビーにもぼくの富に対する一定の権利を与えることになる。むろん、それが彼女のねらいだろう。ぼくと結婚したあと、すぐに離婚するつもりに違いない。経済的に充分に見合う離婚条件で。ルビーの考えなど簡単に読める。それにしても、不意をつかれた。彼女の要求を予想してしかるべきだった。結局のところ、ぼくはきわめて裕福な実業家なのだから。

「きみの商売上手には感心するよ。すばらしい」サンダーはそっけなく言った。怒りを隠し、淡々とした口調だった。「献身的な母親のふりをしながら、充分な見返りを与えるというぼくの申し出を断ったが、実際はもっと率のいいほうに賭《か》けるつもりだったわけか」

「違うわ」結婚の要求に対する彼の誤った解釈に驚き、ルビーはかっとなって言い返した。「サンダー、あなたのお金などどうでもいいの。わたしにはなんの意味もないわ」正直に言い、言葉を継ぐ。「それに、あなたもね。わたしの申し出をあなたがお金の観点から考えたことで、いっそうはっきりしたわ。わたしがいないところで息子たちをあなたに近づけたくないのは、お金のことしか頭にない、あなたの浅ましい態度のせいよ」

「それはきみの考えだ。だが、子どもたちはどう感じるだろう？」サンダーは反撃に出た。「いい母親は決してきみのように利己的に振る舞ったりはしない。子どもの利益を最優先する」

たちまち形勢が逆転し、ルビーはサンダーのしたたかさに舌を巻いた。彼をあきらめさせられると自信を持って突きつけた難題が、いまや諸刃《もろは》の剣に変わっていた。その剣をサンダーは巧みに使い、ルビーが安全だと思っていた地面を足もとから切り離してしまったのだ。

「子どもたちには母親が必要――」

「子どもたちはぼくの息子だ」サンダーは腹立たしげに遮った。「そしてぼくは子どもたちを連れて帰る。そのためにきみと結婚しないといけないなら、それもしかたがない。だが、ルビー、ぼくは必ず息子たちをぼくのものにする」

ルビーはあっけに取られた。彼は結婚を拒否するものと思っていた。引き下がり、このまま帰るだろうと。結婚を承諾するなどとは考えてもいなかった。ところが実際には、サンダーは開き直り、彼女は無防備の状態に陥った。

いままで見えていなかった現実がようやくルビーの目にも見えてきた。サンダーは本当に息子が欲しいのだ。本気で息子を自分のものにするつもりなのだ。彼は大金持ちの有力者だ。物質的には息子たちに充分なものを与えることができる。もし彼が裁判所に訴えたりしたら、わたしは息子を手もとに置いておけるだろうか？ よくても共同監護権を認められるぐらいでは？ そうなったら、子どもたちは二人のあいだを行き来し、二つの家のどちらを選ぶかで悩む羽目になる。子どもたちのために、ルビーはそれだけは避けたかった。サンダーが二人の父親だということを知らないままでいたらよかったのに。いまのままでも人生はわたしにとって充分に過酷なのに、運命はどうしてさらなる試練を与えるのだろう？

どんな形であれ、彼との結婚などルビーは望んでいなかった。しかし、いままで当然だと考えていた息子との生活をこれからも続けていくつもりなら、結婚こそ、それをかなえる唯一の方法かもしれなかった。

　サンダーと結婚すれば、息子たちに父親ができるだけでなく、母親としてのルビーの権利も保証される。しだいにパニックに陥りそうになりながらも、彼女は気づいた。二人が結婚している限り、息子たちには両親がそろっていることに。

　両親……。ルビーはこみあげてくる感情を抑えた。将来を思い、父親代わりになる男性の不在が息子たちに与える影響を心配して、幾晩も眠れない夜を過ごしたことを忘れたの？

　確かに父親代わりについて考えたことはあった。けれど、実の父親ではない。サンダーが息子たちの人生にかかわってくるなど想像すらしなかった。あの夜からつらい数週間が過ぎ、彼にとって自分は取るに足りない存在でしかないという事実を受け入れて以降、一度も想像したことがなかった。

　だが、あきらめるつもりはない。息子のために力の限り闘う。

　ルビーは顎を上げ、激しい口調で言った。「よくわかったわ。あなたが決めればいいわ、サンダー。子どもたちがあなたの息子だからという理由で、さらに息子たちの人生の一部になりたいという理由で、本当に息子たちが欲しいのなら、わたしから引き離すことが彼らの精神面にどれほど大きな害を与えるか理解できるはずよ。あなたにとってはひどく腹立たしいことでしょうが、子どもには自分たちをよく知る両親がいつも近くにいるという安心感が必要なのは、あなたにも理解できるはずよ。子どもたちに対して、そして互いに対して献身的な両親がいることで子どもたちに安心感を与えられる半面、あなたもわたしと同様に犠牲を払う覚悟が必要よ」

「犠牲だって？」サンダーは聞きとがめた。「ぼくは億万長者だ。ぼくとの結婚を犠牲と考える女性はあまりいないと思うが」

この人は本気でそう思っているの？　もし本気で思っているなら、わたしがいかに正しかったかということのあかしになる。人生にはお金より大切なものがあると、息子たちにしっかりと教えておかなければ。ルビーはぴしゃりと言った。「あなたはずいぶん人を見くびっているのね。あなたの言葉にぞっとする女性は世の中にいくらでもいるわ。お金より愛情を優先する女性、わたしのように何よりも子どものことを優先する女性。あなたみたいな男性から逃げだす女性はたくさんいるのよ。わたしはあなたのお金など欲しくないし、それを明記した書類を作ってもらえれば、喜んでサインするわ」

「そうしてもらおう。間違いなく」サンダーは容赦なく言った。ぼくが彼女の嘘《うそ》に、金に興味がないという嘘にだまされると、ルビーは本気で思っているのだろうか？「住む家がいつなくなるかもしれない母親にぼくの息子をゆだねたりはしない。子どもたちの食事や服を施しに頼らないといけない母親に、売春婦のような格好をして見知らぬ男に身を任せるような母親にはね」

ルビーは殴られでもしたかのようにたじろいだが、なんとか言い返した。「あなたは少しはましだったわけ？　それとも、あなたが男で、わたしが女だから、わたしの行為はあなたの行為より劣るということ？　わたしは十七歳の子どもで、あなたは大人の男性だった」

十七歳の子ども。サンダーは怒りに駆られ、反論した。「きみの格好はとても女子学生には見えなかった。あるいは無邪気な子どもには見えなかった。それに誘いかけてきたのはきみのほうだ。ぼくからではない」

そしていま、彼女と結婚させられようとしている。サンダーは誰とも結婚したくなかった。ましてルビーのような女性とは。

サンダーが両親の結婚生活に見たものは、互いに対する苦々しい思いと敵意だった。彼は絶対に結婚しないと誓った。そのせいで祖父とのあいだに険悪な空気が流れた。暴君さながらの祖父は、肉親を自分が所有するタンカーの一部のように見なし、勝手に結婚させる権利があると思いこんでいた。

ルビーの提案をぼくが拒否した場合、彼女が有利になる。息子たちを巡って訴訟になれば、ルビーはぼくが結婚を拒否したことを利用するだろう。だが、彼女が一歩も引き下がらず、挑戦してくるので、サンダーは息子を自分のものにするという決意をいっそう強く固めた。たとえ陰険な手段を使っても、ひとたび彼の島に行ってしまえば、島の法律が父親としての彼の権利を保証してくれるはずだった。

外で車が止まり、ドアが開く聞き慣れた音がした。腕時計を見たルビーはサンダーをそのまま残して玄関へと急いだ。交代で子どもたちの送り迎えをしている近所の人が、息子を送り届けてくれたのだ。ルビーは玄関のドアを開け、私道を走った。近所の人に礼を言いながら息子たちを車から降ろし、いつものように学校かばんやランチボックスを集めて、舌打ちをした。まだ三月で寒いというのに、息子は二人ともコートのボタンを留めていない。

フレディーの右耳の後ろにほくろがあることを除けば、二人は何から何までそっくりだった。息子たちが私道に止まっている高級車をじっと見つめ、ルビーを見あげた。

「誰の車？」フレディーが目を丸くして尋ねた。

ルビーは返答に窮した。どうしてもっと早く時計を見て、息子たちが学校から帰ってくる前にサンダーを追い払わなかったのだろう？　二人はルビーが正直に答えられない質問を投げかけてくるだろう。息子たちに嘘はつきたくない。

まだ答えを待っているフレディーに向かい、ルビーは安心させるようにほほ笑んだ。「あれは……誰かさんの車。さあさあ、中に入りましょう。そんなふうにコートのボタンを外していると、風邪をひくわよ」

「おなかがすいちゃった。トーストにピーナッツ・バターを塗って食べていい？」ハリーがきいた。

目下のところ、ピーナッツ・バターがハリーのお気に入りだった。

「あとでね」ルビーは答え、息子たちの背中をそっと押して家に入れた。「さあ、二階に上がって」

息子たちが立ち止まり、黙ってサンダーを見つめているあいだ、ルビーは気持ちを落ち着かせようと試みた。いまやサンダーは玄関付近の空間をかなり占領しているように見えた。

サンダーは優に百八十センチを超えている。ハリーが彼を見あげようと頭を反らした。状況が違っていれば、ルビーは笑みを浮かべるところだ。一方、兄のフレディーは、急に一家の中の男の顔を見せた。本能的に母親を守ろうとしてルビーのそばにやってきた。そして、双子のあいだで意思が通じたかのように弟のハリーもあとずさり、母親のもう一方の傍らに立った。

厄介なことに涙がこみあげ、ルビーは目の奥がちくちくした。わたしのかわいい息子たち。息子たちをこんな状況に追いやったのはわたしのせいだ。気づいたときには、ルビーは床に膝をつき、フレディーとハリーをしっかり抱き寄せていた。

フレディーは弟より神経質だったが、なんとかそれを隠そうとして、母の首もとに顔をうずめて強く抱きしめた。一方、ハリーはつかの間サンダーに目をやった。父親のほうへ行きたいのだろうかとルビーは悲しい気持ちになったが、ほどなくハリーも兄と同じように彼女の首もとに顔をうずめた。

サンダーは動くことができなかった。二人の男の子を見た瞬間、彼らのためならどんなことでもしようと誓った。心臓を切り裂き、皿にのせて差しだしてもいい。二人に対する愛情の力は津波にも似て、ほかのものをすべて押し流した。この子たちはぼくのものだ。ぼくの家族、ぼくの血、ぼくの体だ。同時に、サンダーはすぐに理解した。息子たちが母親をどう思っているかを。いま、二人は必死に母親を守ろうとしている。息子たちの中に本能的な男らしさを見て取り、サンダーの胸は誇らしさでいっぱいになった。

古い記憶がよみがえった。強い日差しが帽子をかぶっていないサンダーの頭に照りつけ、頭上では両親の怒りの声が飛び交っていた。双子が母親を見たように、サンダーも母のほうを見た。だが、母は彼を抱きしめてはくれなかった。母は息子にくるりと背を向けると、車へと歩いた。そして車に乗りこんでドアを閉めると、息子を残したままエンジンをかけた。タイヤが砂利の上で回転し、小さな石を跳ね飛ばす。サンダーは今度は父のほうを向いた。だが父もサンダーから目をそらし、家の中へと戻っていった。両親は自分たちの生活と互いに対する怒りにとらわれ、息子の相手をする余裕などなかったのだ。

サンダーは息子たちを見下ろし、続いて彼らの母親を見た。まさに家族だった。

もう一度サンダーは自分の両親に思いを馳《は》せた。そのとたん新たな感情の高まりを覚え、自分が持てなかったものを息子たちに与えるためならどんなことでもすると、改めて心に誓った。

「では、結婚しよう。だが、言っておく。結婚は一生続ける。それが息子たちに対するぼくの責任の取り方だ」サンダーはルビーに告げ、息子たちに目をやった。

もし息子たちを抱いていなかったら、ショックで倒れていただろう。そんなふうに思うほど、ルビーは動転し、うろたえた。まさか本気で言っているわけがないとサンダーの顔を探ったが、そこには断固とした決意があるだけだった。

子どもたちはルビーの腕の中で向きを変え、再びサンダーを見た。すぐにも質問が始まるだろう。

「さあ二階に行くのよ、二人とも」ルビーは繰り返し、紺色のダッフルコートを脱がせた。「制服を脱いで着替え、手を洗いなさい」

二人はわざとサンダーを無視するようにそばを走り抜け、階段を上がっていった。少年らしいほっそりとした体の健康的な男の子で、二人とも黒い豊かな巻き毛に、父親そっくりの顔をしていた。

「条件が二つある」サンダーは冷ややかな口調で続けた。「ひとつは、結婚前の取り決めに署名をしてもらう。ぼくたちの結婚は息子たちのためであり、きみの銀行口座を潤すためではない」

ルビーはサンダーが彼女のことをほとんど考えていないことに驚き、傷ついたが、自制して平静を装った。わたしは息子たちのために結婚するのよ。彼女は歯をきしらせながら言った。「二つ目は?」

「きみが経口避妊薬を服用しているという確認と証拠が欲しい。この件に関するきみの配慮不足は証明ずみだ。息子たちのときのように、またも不注意から妊娠するような事態は絶対に避けたい」

ルビーは怒りのあまり、もはや感情を抑えることができなかった。「そんなことが起こる可能性はまったくないわ。あなたとは二度とベッドをともにしないもの」

六年前にあんなふうに振る舞っておいて、よくも言えたものだ。ルビーの激しい言葉に、サンダーの自尊心が頭をもたげ、彼女を罰せずにはいられなかった。「だが、きみはぼくとベッドをともにする。そしてきみの中に渦巻く渇望を満たしてくれと懇願するだろう。きみは数えきれないほどの男に抱かれたせいで、性的な満足を得たいという欲望が強くなり、いまや抑制がきかなくなっている」

「ばかげた憶測はやめて！」

ルビーは頬が燃えるように熱くなるのを感じた。サンダーに身をゆだねただけでなく、奪ってと積極的に誘ったときのことを思い出す必要もなかった。あの夜の出来事はルビーの脳裏に焼きつき、死ぬまで消えはしないだろう。自分をおとしめる行為のひとつひとつをすべての感覚が記憶している。痛いほどの熱望に駆られ、すすり泣きがしだいに高くなって、やがて彼女は喜びのあまり夢中で叫んだ。その声はいまでも耳にこびりついている。両手は彼の体を貪欲《どんよく》に撫《な》でまわし、唇は彼の肌の上を夢中でさまよった。彼のキスを味わい、彼の肌のにおいに欲望がこのうえなく高まった。ほどなくすべての感覚がひとつになり、欲望という激しい流れになって、ルビーを宇宙の果てへ、さらにその先へと運んでいった。そこは、ルビーが二度と行きたいとは思わない鮮烈な自己喪失という場所だった。

ルビーは圧倒されそうな記憶を振り払い、きっぱりと言い返した。「あれは違うの……間違いだったのよ」サンダーの冷笑的なまなざしを見て、ルビーは我が身を守ろうとするかのように両手を握りしめた。「二度と繰り返したくない。だから、この先あなたとベッドを共有するなんてありえないわ」

ルビーに拒否され、サンダーは激しい怒りを覚えた。彼女が嘘をついているのは間違いない。ぼくはうぬぼれの強い男ではないが、たいていの女性に魅力的だと思われていることは知っている。あの夜、ルビーは自らの欲望をはっきりと伝えるためにあらゆることをした。いつものぼくなら、彼女の誘いに乗ったりしなかった。自分から女性を追い求めるほうが好きなのに、彼女はあまりにも執拗《しつよう》だった。しだいにぼくの抵抗力を弱らせ、すでにぼくの中に燃えていた怒りをさらにあおった。それで自制心を失ってしまった。すべて祖父のせいだ。ルビーのせいではないし、彼女が興奮してあげた小さな叫び声があまりにも魅力的で彼女を自分のものにしたいということしか考えられなかったからではない。ぼくがルビーの中に入ったときの彼女の叫び声をいまでも覚えている。まったく初めてのことを経験しているような声だった。ぼくにしがみつき、全身を震わせながら喜びにすすり泣いていた……。

どうしていま、こんなことを思い出すんだ？　結婚を要求され、彼の言い分をことごとく否定されたせいで、サンダーの怒りは激しく燃えあがっていた。そのため、彼はルビーの声にまじる苦痛に気づかなかった。サンダーは自分を抑える間もなく、ルビーの肩をつかみ、怒りに任せて荒々しいキスをした。

あまりのショックにルビーは抵抗することもままならず、自分の身に何が起こっているか気づいたときには遅かった。ルビーは猛然と腹を立てた。あまりの激しい怒りに我を忘れ、彼女を罰したいというサンダーの欲望と闘った。彼に対して欲望など絶対に感じないと思っていた。だが驚いたことに、彼に唇を奪われるなり、欲望という扉に差しこまれていた鍵《かぎ》がかちっとまわった。サンダーとのつらい経験に耐えたせいで壊れてしまったと思っていた鍵がまわったのだ。

こんなことが起こってはいけない。起こるはずがない。だが、起こってしまった。

ルビーはうろたえ、全身を熱く燃やす欲望と闘った。しかし、欲望はたちまち溶岩のように流れだし、すべてを焼き尽くしていった。執拗に探るサンダーの舌に負けてルビーは唇を開き、すすり泣くような声をもらした。サンダーのキスに情熱を感じ取り、同時に彼が興奮しているのがわかった。なのに、それは警告になるどころか、ルビーの欲望をいっそう燃えあがらせた。体の奥深くでは早くも熱いうずきが生じていた。

サンダーは激しい怒りに駆られながらも、頭のどこかでこれでは以前と同じだと指摘する声があがるのを聞いた。いま、彼は以前と同じく狂おしいまでの欲求にとらわれていた。ルビーに欲望を覚えるなどありえない。神話の中の怪物のように閉じこめ、永遠に葬ったはずだった。ところが、その怪物を超人的な力で縛りつけていた鎖が切られ、ついに怪物は解き放たれたのだ。サンダーの舌はすっかりその気になった彼女の柔らかな口をとらえた。彼の下腹部はすでに張りつめている。すぐにやめなければ、彼女の秘めやかな部分も喜んで応《こた》えはじめるだろう。

彼の舌がルビーの舌を強くリズミカルに押しはじめると、彼女はどうにもならない官能の喜びに身を震わせた。服の下では胸の先端が硬くなって、たちまち全身に快感が広がっていく。サンダーの手が胸のふくらみを包むや、ルビーの喉から低いうめき声がもれた。

いまやルビーは全身を興奮させ、ぼくのキスに夢中になっている。この彼女の敏感な反応こそ、ぼくを罠《わな》にかける手立てだ。ここでぼくがやめなければ、この場で彼女を奪うことになる。ルビーの肌を直接感じるために服をはぎ取って、彼女の中に深く分け入るだろう。そして二人は互いを所有し合い、一体となって喜びの奔流に押し流されるに違いない。

サンダーが彼女のシャツのボタンをすばやく外した。彼の手の感触はルビーを過去に引き戻した。あのとき、サンダーは官能的なキスをしながらまたたく間に彼女の服を脱がせた。ルビーはキスに体が溶けたようになり、何も考えられず、もっと欲しいと思った。すると、サンダーは左手でルビーの髪をかきあげ、彼女の首と肩の境目の温かく甘い素肌を味わったのだった。

肌に彼の温かな息を感じ、ルビーの体の中で炎が燃えあがった。抑えていた渇望の炎が全身に噴きだし、何もかも焼き尽くしていく。熱い快感が押し寄せ、ルビーは全身を震わせた。気づいたときにはシャツの前がはだけられ、胸のふくらみがサンダーの目にさらされていた。

こんなまねをしてはいけない、とサンダーは自分を戒めた。ルビーを罰したいという自尊心の欲求に屈してはいけない。だが、自戒したところでどうにもならず、怒り狂った自尊心に全身を焼かれただけだった。

ルビーの胸は彼の記憶どおり完璧《かんぺき》だった。濃い薔《ば》薇《ら》色の胸の頂が白い肌を際立たせていた。呼吸が速くなり、胸が上下している。サンダーは片方の胸を手で覆った。もう経験ずみだが、ルビーの胸はまるで彼に触れられるために作られたかのように彼の手にすっぽりとおさまった。親指の腹で先端を転がすと、彼女の口からあえぎ声がもれた。サンダーは目を閉じて思い起こした。ずっと昔、ホテルのベッドで、彼女の胸の頂は彼の指を押し返した。最初は親指と人差し指による愛撫《あいぶ》をねだって、続いて唇と舌による愛撫を求めて。

いま、サンダーは本気でルビーを欲しがっているわけではなかった。ただ、彼の自尊心が、ルビーを罰し、彼を求めてなどいないという彼女の言葉を取り消させるよう要求していた。

ルビーは自分が過去に引き戻されるのを感じ、苦痛のあまり小さな叫び声をあげた。

その叫びを聞いてサンダーははっと我に返り、いきなりルビーを突き放した。

二人は見つめ合い、激しい呼吸と差し迫った欲求をしずめようとした。むきだしの欲求は手で触れることができそうなほどだった。

二人ともその強さと危険性を、ルビーはサンダーの目を見て、サンダーも彼女の目を見て悟った。

全身に痛みを感じるくらいに、ルビーは恥の重みに押しつぶされていた。

サンダーも、欲望に自制心を脅かされてショックを受けていたが、ルビーよりは上手に隠しとおした。とはいえ、彼女を哀れむ気分ではなかった。いかに強くルビーを求めているか思い知らされ、その事実とまだ闘っていた。

「きみにはピルを服用してもらう」冷ややかに言ったものの、自分の言葉が何を意味し、何を求めているかに気づいて、サンダーは動揺した。心臓が早鐘を打ちだし、体のうずきが再び自制心を押し流そうとする。それでも、彼はなんとか欲望を無視し、言葉を継いだ。「きみがそうしなかったときの結果についてはいっさい関知しない」

ルビーはこれほど自分が弱いと感じたことはなかった。体だけでなく、感情も精神も弱かった。自分のまわりに巡らした防護壁がわずか数分のあいだに砕かれ、封じこめたと信じていた弱さをさらけだしてしまうとは。サンダーを求めるなど、彼に興奮させられるなど、決してあってはならない。

反動が始まった。気分が悪くなり、めまいがして、体がまともに機能しない。体の欲求と燃えるような羞恥心《しゅうちしん》、そして欲望を覚えた自分が信じられないという思いに苦しんでいた。挙げ句の果て、とっぴな考えが次々と押し寄せた。かかりつけの医師に、避妊薬だけでなく、サンダーに対する欲望を消してしまう〝抗サンダー薬〟も処方してもらわないといけない。でも、そんな薬が必要かしら？　サンダーの話し方や、彼のわたしに対する扱い方を考えれば、彼に触れられると思うだけでぞっとする。自尊心を奮い起こし、彼にさんざん与えられた屈辱を考えれば、わけなく自分を守れるでしょう？

やっぱりサンダーと結婚してはいけない。いまはだめだ。ルビーはパニックを起こしそうだった。

「気が変わったわ」彼女は早口で言った。「わたしたちの結婚のことよ」

サンダーは眉をひそめ、彼女の気持ちを再び変えさせよう、と即座に決めた。息子たちのためだ。ほかに理由はない。まだ全身を強く打っているうずきとは無関係だ。

「結局、きみにとって息子たちの将来はさほど大切ではないんだな？」サンダーは尋ねた。

罠にかかった、とルビーは思った。自分で作った罠に落ちたのだ。彼女にできるのは、サンダーの手でいとも簡単にかきたてられる欲望を拒否するだけの強さを持つことくらいだ。ルビーははかない望みにしがみついた。「もちろん、何よりも大切よ」ルビーは反論した。

「だったら結婚しよう。きみにはぼくの条件を受け入れてもらう」

「断ったら？」

「きみから息子を奪うために全力を注ぐ」

この人は本気だわ。もはやルビーは彼の要求を受け入れるしかなかった。

ついにサンダーはルビーを打ち負かした。だが、勝利の味は期待したほど甘くはなかった。「差し迫った仕事があるから、結婚は早いほうがいい。婚前契約に関しては、ぼくのほうで必要な書類をいっさいそろえる。だから、きみはサインをするだけでいい……」

突然、二階で大きな音がし、続いて叫び声があがった。二人は同時に階段のほうに顔を振り向けた。

ルビーは階段を駆けあがり、子どもたちの部屋へと急いだ。サンダーがすぐ後ろをついてくることにも気づかずにドアを開けると、ハリーが床にしゃがんで泣き、その傍らでフレディーがおもちゃの車をつかんで立っていた。

「フレディーがぼくを押したんだ」ハリーが言った。

「違うよ、押してなんかいないもん。ハリーがぼくの車を取ろうとしたんだ」

「見せて」ルビーはハリーに言い、けがをしていないかどうかすばやく確かめてから、床にひざまずいてフレディーのほうを見た。だが、フレディーは慰めてもらいにルビーの腕に飛びこむ代わりに、彼女のあとから部屋に入ってきたサンダーの前に立ち、助けを求めるように彼を見あげた。サンダーはフレディーを守るかのごとく細い腕に手を置いた。

　ルビーの中でさまざまな感情がこみあげ、喉がつまった。父親がいないために息子たちが失ったものに対する悲しみと、自分のせいだという後ろめたさ。息子たちを心から愛しているけれど、母親の愛情だけでは成長するのに必要なものを与えられないつらさ。そして、自分の自尊心のもろさに対する不安。

　サンダーは息子の肩に手を置いたまま、厳しいまなざしをルビーに向けた。息子には男親であるぼくが必要なのだ。どんなことがあろうと、ぼくは息子たちから離れるつもりはない。

　二人の大人の様子など気づきもしないフレディーが繰り返した。「ぼくの車だ」

「違うよ。ぼくのだ」ハリーが言い返した。

　息子たちの言い合いで現実に引き戻され、ルビーは二人に注意を向けた。二人はとても仲がよかったが、ときどきおもちゃを巡ってけんかになる。互いに相手の上に立とうとしているようだった。男のきょうだいにはよくあることだとほかの母親たちは言うが、ルビーは二人がけんかするのを見るのがいやでたまらなかった。

「こうしたらどうだい？」サンダーの穏やかだが毅《き》然《ぜん》とした物言いは、すぐに双子の気を引いた。「この車のことで二度とけんかはしないと約束したら、きみたちにそれぞれ新しい車を買ってあげよう」

ルビーは腹立たしげに息を吸った。彼がしようとしていることはまさに賄賂《わいろ》だ。息子たちにそれぞれおもちゃを与えるだけのお金がないので、仲よく分かち合うことが大事だとルビーは言い聞かせてきた。なのにいま、サンダーはわずかばかりの言葉で息子たちの物欲に訴えかける手段に出たのだ。息子たちが分かち合いの精神をすっかり忘れていることは、彼らの濃い金色の目に浮かぶ希望の光を見ればわかる。

さっそくハリーが興奮ぎみに尋ねた。「い、いつ車をもらえるの?」すでに立ちあがっていたハリーはサンダーのもとに駆け寄り、兄と同じようにたくましい脚にもたれて見あげた。「ぼく、外に止まっているような車が欲しい……」

「ぼくも」弟に張り合ってフレディーが言った。

「ぼくは、きみたちとお母さんをロンドンに連れていくつもりだ」

ルビーは驚いたものの、サンダーがすぐに話を続けたので、口を挟めなかった。

「ものすごく大きなおもちゃ屋さんがあるから、そこできみたちの車を探そう。ただし、これからはおもちゃのことで絶対にけんかをしないこと。約束できるかい?」

黒い髪に覆われた二つの頭が熱心にうなずいた。尊敬のまなざしでサンダーを見あげる顔には、まったく同じ大きな笑みが浮かんでいる。

ルビーはなんとか感情を表に出すまいとした。息子たちがサンダーと一緒にいるのを目にし、父親に対する反応を見ているうちに、経済面ではなく情緒面で息子たちに何が欠けていたか、ルビーは痛感した。もはや議論を繰り返す必要はなかった。

気のせいか、息子たちはいつもより堂々として、自信を持って話し、いつの間にか父親の身ぶりをまねているように見える。ルビーの胸に悲しみがわいた。息子たちはもう赤ん坊ではない。すべてをわたしに頼る赤ん坊ではない。二人は日々成長している。サンダーに対する反応から、すでにわかっていたことが証明された。息子たちには手本になる男性が必要なのだ。ルビーはしぶしぶ認め、挑むように無言でこちらを見ているサンダーの目を見返した。

無意識のうちにルビーは手を伸ばして息子のくしゃくしゃの巻き毛を撫でた。ほとんど同時にサンダーも同じことをしたので、二人の手が触れ合った。ルビーはすばやく手を引っこめたが、即座に頭に浮かんだ過去を追い払うことはできなかった。以前、サンダーの手がいまよりももっと親密にルビーに触れ、彼女を自分のものにしたとき、何も知らない無邪気なルビーは、サンダーの情熱が自分だけに向けられたものだと思った。だが、もちろんそんなのは幻想にすぎなかった。

冷酷な現実に気づいたとき、ルビーはひどく傷ついた。彼がルビーに触れたことに、性的な意味合い以上のものはなかったのだ。

永遠に封印したと思っていた記憶が、いよいよ顔を出そうとしている。先ほどサンダーに無理やりされたキスのせいだ。ルビーは自分の弱さを嫌悪して身震いしたが、遅すぎた。記憶を打ち消すのは不可能だ。わたしの体に触れるサンダーの手。わたしの耳を、それから肌をなぞる息遣い。けれど、こんなことを想像してはいけない。わたしはもっと強くならなければ。サンダーの言いなりにはならない。わたしはもう十代の女の子ではない。大人の女であり、二児の母親なのだ。自分のことはあとまわしでいい。まずは息子たちの将来を第一に考えるべきだ。

3

頭がずきずきし、胃にも差しこむような痛みがあり、ルビーは顔をしかめた。ストレスが重なると、よく出る症状だ。ほうっておくと本格的な偏頭痛に悩まされる羽目になる。だが、いまは病気になっている場合ではない。昨夜はほとんど眠れず、けさ起きたときには吐き気もしたが、そんな弱みは見せられなかった。

二人の息子は姉たちがクリスマスに買ってくれた新しいセーターとジーンズ、それにルビーが買ってやった新しいトレーナーを身につけていた。彼女がトレーナーを買ったのは、もろもろの話し合いのためにサンダーがやってきたとき、息子たちの古いトレーナーを見て眉をひそめたのが心に引っかかっていたからだ。〝もろもろ〟の中には、ロンドンでの滞在だけでなく、二人の結婚の話も含まれ、すべてサンダーが手はずを整えていた。結婚したあとは、息子たちの家になるギリシアのテオポリス島へ四人で出発することになっている。そして今日は、三人がサンダーと一緒にロンドンへ発《た》つ日だった。

息子たちは興奮してじっと座っていられず、迎えに来るサンダーをひと目見ようと、窓辺に張りついていた。

もし二人の姉が家にいたら、わたしは違った決断をしていたかしら？　どうすればよかったのかルビーにはわからなかった。姉たちは本当によくしてくれた。ルビーが子どもたちと家にいられるよう経済的な面倒は見ると請け合った。とはいえ、家計が逼《ひっ》迫《ぱく》してることはルビーにもわかっていた。それに、いつの日か姉たちも恋をするときがくる。いつまでも姉たちに甘え、お荷物にはなりたくなかった。

そうよ、わたしは息子のために正しい判断をした。二人はこれからロンドンに行けると知ってひどく興奮しているし、サンダーと結婚するつもりだと慎重に言葉を選んで話したときも喜んで受け入れてくれた。わたしや息子たちを愛情たっぷりに支えつづけてくれた姉たちのためにも、わたしは正しい判断を下したのよ。

サンダーと結婚するつもりだとルビーが話すと、二人の息子は興奮し、大喜びした。フレディーはうれしそうに言った。〝ルーク・シンプソンにもお父さんができるんだ。サッカーの試合やマクドナルドに連れていってもらったし、自転車も買ってもらったんだって〟

すべてがサンダーにとって有利に運んでいるように思えた。イースターの休暇中だったので、学校を休ませてロンドンに連れていくことはできないという言い訳もできなかった。

息子たちが今度学校に通うときは、テオポリス島にある小さな英語学校に行くことになる。子どもたちが英語を話せるようにしたいという島民の要望で建てた学校だという。

サンダーとの話し合いは、二人で息子たちの将来について意見を交わしたというより、質疑応答と言ってよかった。つまり、ルビーがひたすら質問し、サンダーがそれに答えるというものだった。将来についてルビーが知っているのは、サンダーは仕事も生活も一族が数世紀にわたって支配してきた島でしたがっているということだけだ。もっとも、彼が世界的な企業に成長させた海運会社は、イングランドのフェリックストウをはじめとする世界じゅうの主要な商業港にオフィスを有している。副社長を務める彼の弟はIT分野の教育を受け、アテネを本拠地に活動していた。

子どもたちの高等教育に関しては、寄宿学校に行かせるのは絶対に反対だとサンダーが言うのを聞いて、ルビーはほっとした。授業のある期間は家族そろってイングランドで暮らし、休暇中は島に戻るという生活を、彼は思い描いていた。

サンダーには妹もいた。彼の妹がマンチェスター空港で双子の息子たちを見かけ、写真を撮ったことで、彼は息子の存在に気づいたのだ。弟と同じく、妹も夫と一緒にアテネに住んでいた。

〝つまり、島に住むのは、わたしたち二人と息子たちだけなのね?〟ルビーは念を押した。

〝それが普通だろう?〟サンダーは答えた。〝父親と母親と子どもたちから成る核家族だ〟

愚かにも、どんな暮らしが自分たちを待っているのか、ルビーは考えていなかった。けれど、いざサンダーと一緒に新しい生活を始める日が迫ってくると、考えるだけで気持ちがひるみ、不安に駆られた。彼を恐れているからだろうか? それとも、彼を求める自分を恐れているからだろうか? わきあがる問いに答えることができず、ルビーはいまさらながら当惑を覚えた。

感情面の複雑な問題に悩まされるより、彼女にとってはこれから先の実際的な事柄に対処するほうがずっと楽だった。

いま、ルビーはサンダーが迎えに来るのを待っていた。姉たちには、これからどうするつもりか、なぜそうするのかを手紙にしたためた。電話ではとてもいまの状況を話せそうになかった。

こめかみの痛みがひどくなり、不安で胃が引きつって、ひどく気分が悪かった。サンダーにかきたてられた浅ましい欲望に屈していなかったら、事情はまったく違っていただろう。ハンドバッグには、服用するようにとサンダーに言われた避妊薬が入っている。欲望に関して彼に指摘されたことを否定し、意志の力で二度と彼とは体の関係を持たないと言いたかった。けれど、いまも玄関広間で二人のあいだに起きた出来事を思い出すとぞっとした。あのときの反応の速さ、そして激しさは、いきなり噴きだした炎のようで、抑えようがなかった。あとに残ったのは、自身の弱さと、自分が信じられないという苦い思いだった。

子どもはもう作ってはいけないとサンダーは言ったが、それについてはルビーも同じ気持ちだった。彼女を愛していないどころか、敬意を払うこともなく、思いやりを示すこともない男性の子どもを、これ以上産みたいとは思わなかった。

愛ですって？　〝愛〟という幻影で赤裸々な欲望を飾りたてるような自己欺瞞《ぎまん》は捨て去ったのではなかったの？　そうよ、世間知らずの若者がいだく愚かな夢で欲望を覆い隠すようなまねをするのは、もうこりごり。実際、彼には何もできない、体の関係を強要されたりはしない、と断言できた。サンダーにキスをされるまでは。彼の熱いキスはルビーの防御壁をあっという間に焼き払ってしまった。

ルビーは、自分のプライドや自制心を当てにできないと認めたくはなかった。いまの彼女が唯一すがることができるのは、サンダーも同じように自制心を失いそうになったという事実だけだった。ともすれば、本能は残酷な形で二人の男女を刺激する。これは本能のたくらみの中でも最悪の部類に属するのではないかしら？　防護壁をすっかり燃やし尽くすほどの欲望をかきたて、どちらも望んでいない状態へ追いこむのだから。もし自分の体から欲望をはぎ取れるものなら、ルビーはすぐにでもそうしただろう。欲望はルビーの中に住む異星人であり、歓迎すべからざる存在であり、敵であり、抹殺しなければいけないものだった。

「来た！」

フレディーの興奮した声がルビーの物思いを断ち切った。息子二人がそろって玄関へと走り、ドアを開けた。車からサンダーが降りてくると、喜びのあまりぴょんぴょん跳ねた。

サンダーはベージュのチノパンツに黒いポロシャツ、その上に濃い黄褐色のジャケットを羽織っていた。たぶん彼にとってはカジュアルな装いなのだろう。にもかかわらず、ルビーは認めざるをえなかった。ほかの男性が称賛し、女性たちが思わず近寄りたくなる雰囲気を漂わせている、と。単にハンサムというだけではなかった。ハンサムな男性なら大勢いる。サンダーにはほかの男性にはないもの――権力のオーラにセクシーな男らしさがまじった、たぐいまれな魅力があった。ルビーは無邪気な十代のときにそれを感じ、いまなお引かれてしまう。大人になり、分別も持っているのに、彼の性的な磁力に引き寄せられ、危険な川にのみこまれそうになっていた。

からかうような震えが全身を走り抜け、たちまち硬くなった胸の頂を隠すために、ルビーは上体に腕をまわした。サンダーのせいではない、と自分に強く言い聞かせた。ドアが開き、冷気が入ってきたせいで、体が敏感に反応したにすぎない。

サンダーは不機嫌そうにルビーをさっと見て、一瞬、胸のふくらみに視線を留めた。鎖につながれたクーガーのように、彼の欲望は拘束されていることに抗議して暴れ、爪を立てた。

この二週間、サンダーはかなりの時間を、ルビーを求めてうずく下腹部の痛みと格闘しながら過ごした。抑えようのないうずきに、気が変になりかけたほどだった。

サンダーはこれまで、欲望のせいで女性に支配されたり、わずかな時間でも煩わされたりしたためしはなかった。ルビーから、そして彼女にキスをしたときにいきなり爆発した欲望から逃げろ、という内なる声に耳を傾けそうになった。あれほどの欲望は抑えようがなく、ただ満たすしかない。古代神話に登場する神のように、欲望は生《い》け贄《にえ》と自己犠牲を要求してきた。

息子たちが走ってくるのが見えた。そのとたん、頭の中から自分を守ろうとする考えが消え、サンダーは全身にあふれでる愛情に圧倒された。彼はその場にしゃがみこみ、子どもたちに向かってたくましい両腕を差しだした。

その光景を見たルビーは、大きな感情の塊に喉をふさがれそうになった。子どもたちを腕に抱き、守り、愛している父親。息子たちに父親を与えるためなら、わたしはどんなことでもする、と彼女は心から思った。

一方、サンダーは息子たちを抱きながら、たとえ母親を信用していなくても、その息子たちより大事なものはないと思った。

「お母さんが言ったんだ、ぼくたちが呼びたかったらお父さんって呼んでいいって」

いましゃべっているのはフレディーだ、とサンダーははっきりとわかった。これまで、自分は感情を抑え、隠すことができる人間だと思っていたが、いま明らかに彼は感情に打ち負かされる寸前だった。

「呼びたいかい?」サンダーは二人にきいた。息子たちを抱きしめる手に力がこもる。

「学校の友だちのルークにはお父さんができて、新しい自転車を買ってもらったんだ」

試されているとサンダーは気づき、思わずルビーのほうを見た。

「ルークはお父さんにサッカーの試合とマクドナルドに連れていってもらったらしいわ」ルビーはサンダーの暗黙の問いに答えた。

サンダーは息子たちを見た。「自転車は、きみたちに合う大きさのものが見つかったら買ってやろう。サッカーの試合にはもちろん連れていくよ。マクドナルドは、そうだな、これはお母さんに決めてもらったほうがいいな」

ルビーはほっとしていいのか怒っていいのかわからなかった。誰が見ても、サンダーは子どもたちが生まれたときからずっと見守ってきたと思うだろう。ルビーでさえ、これほどみごとな答えを出すことはできなかったに違いない。

「準備はいいかな？」サンダーはルビーに尋ねた。彼がいつもルビーに話すときのよそよそしい口調だった。

ルビーはジーンズとだぶだぶのセーターを見下ろした。ジーンズはクリスマスの贈り物に姉からもらったブーツの中にたくしこんでいる。おそらくサンダーはデザイナーズ・ブランドの服や宝石を身につけた美しい女性に慣れているはずだ。女性たちは彼に自分を印象づけようと何時間もかけておしゃれをするに違いない。突然、ルビーはみじめな気分になり、胸が痛くなった。ブランドものは言うに及ばず、単に美しい服さえルビーには手が届かない贅沢品《ぜいたくひん》だった。たとえ買えたにしても、彼女の生活には不向きだった。

「ええ、できているわ。さあ、二人ともダッフルコートを取っていらっしゃい」ルビーは言い、荷物を詰めたスーツケースを取りに戻ろうとしたところで、駆けていく息子たちとぶつかりそうになった。

サンダーが腕をつかんでくれたおかげで倒れずにすんだものの、彼に触れられたショックで動けなくなり、かえってバランスを失いそうになった。

子どもたちのしなやかな手や脚とは異なり、ルビーの腕はか細く華奢《きゃしゃ》だった。顔はやつれ、ろくに食事をとっていないように見える。サンダーの脳裏にある疑問が浮かんだ。食費にも事欠くほど生活に困っているのだろうか？　しかし、まさかそんなはずはないと、彼はすぐに打ち消した。

サンダーは後ろに立っていたが、彼のコロンの香りにルビーは鼻をくすぐられ、同時に彼の体のぬくもりを感じた。先だって彼にキスをされたときのことが脳裏をよぎる。ただでさえ緊張しているのに、ルビーはパニックと恐怖で胃を締めつけられた。さらにサンダーの視線が唇に注がれるのを感じるや、全身が震えだした。

忍び寄る欲望に身を任せるのは簡単だ。サンダーは胸の内でつぶやいた。その気になれば、いとも簡単に彼女を奪えるだろう。奔放に、そしてすばやく。実際、彼の体はそれを望んでいた。彼女の熱い体に包まれたい、速く、荒々しく欲望を満たしたい、と。

だが、ぼくは彼女のような女性が差しだす安っぽい快楽を本当に望んでいるのだろうか？

そのとき、ルビーが小さな苦悶《くもん》のうめき声をもらして体を引き、サンダーは我に返った。

「スーツケースはこれだけか？」サンダーはルビーから目をそらし、玄関に置いてある使い古したスーツケースを見た。

ルビーがうなずくのを見て、サンダーの口もとが軽蔑《けいべつ》したようにゆがんだ。彼女は自分の貧しさをはっきりとぼくに見せたいのだろう。ぼくとの結婚は莫大《ばくだい》な預金のある新しい銀行口座へとつながっているのだ。すでに好きなだけ使うつもりでいるのだろう。サンダーは、母が父の金で嬉々《きき》としてデザイナーズ・ブランドの服や宝石を買いあさっていたことを思い出した。子どものころのサンダーは、母をとても美しいと思っていた。華やかな外見に目を奪われ、その下に隠された堕落に気づかなかったのだ。

サンダーはルビーの明白なほのめかしを無視し、みすぼらしいスーツケースひとつでギリシアまで連れていこうかとも思った。けれど、それではルビーだけでなく、息子たちも罰してしまうことになる。さらに、ルビーが彼の富と地位にふさわしい服を持っていないとなると、この結婚が憶測とゴシップの種になるのは目に見えていた。それだけはなんとしても避けたかった。

「結婚式は金曜日に挙げる」サンダーはルビーに言った。「翌日に島に飛ぶ。避妊薬についてはぼくが指示したとおりにしてくれただろうな？」

「ええ」ルビーはうなずいた。

「証明できるか？」

疑われて怒りを覚えたが、ルビーはハンドバッグを握りしめて胸の内で悪態をつくしかなかった。震える手でバッグの中を探り、背がアルミ箔《はく》のパックを出す。当然ながら、すでに服用したところは空になっていた。

サンダーが恥じ入って謝るのを期待したが、すぐにそんなことはありえないと悟った。ぶっきらぼうにうなずくのが精いっぱいのようだ。そして冷ややかに続けた。

「きみは義務を果たしたから、今度はぼくが義務を果たすのを期待している。そうだろう？　きみのスーツケースを買い替え、そこに詰める服を買う資金を出すのがぼくの義務だと考えているんだろう？」

皮肉のこもったサンダーの口調に、すでに傷ついていたルビーの自尊心は、傷口に塩を塗られたようにひりひりと痛んだ。「わたしに対するあなたの義務は子どもたちのいい父親になることだけよ」

「違うな」サンダーは冷ややかに訂正した。「それは息子たちに対するぼくの義務だ」

サンダーはルビーの答えが気に入らなかった。彼が期待していたものではない。頭の中で描いていた彼女の姿には似つかわしくない答えだった。彼が書いたシナリオでは、ルビーは取り柄のない下劣な母親であり、サンダーが優位に立って、彼女を軽蔑しつづけるというものだった。

「自己を犠牲にする必要はない」自分が割り当てた役割にそぐわない言動をルビーがすればするほど、サンダーは自分の見方が正しいことを証明しようとむきになった。「ぼくの妻にふさわしい格好をしてもらわなければならない。ただし、ぼくを誘惑した夜に着ていたような服は買わないでくれ。これからきみが演じるのはぼくの妻の役だ。売春婦の役ではない」

彼の侮辱に返す言葉が見つからなかったが、ルビーは彼の施しを受けるつもりはなかった。「服なら充分に持っているから、これ以上は必要ないわ」激しい口調で言う。

ルビーはぼくが知っている事実を平気で否定しようとしている。二度とこんな態度をとらないよう教えておく必要がある。これからルビーはぼくの金で買った服を着なければならない。そうすれば自分が何者かを理解するだろう。息子に対する法的な要求ができるようにするため彼女と結婚する羽目に陥ったが、彼女がどういうたぐいの女か忘れさせるつもりはない。デザイナーズ・ブランドの服をふんだんに着られる生活や金を与えてくれる金持ちの男に喜んで体を売る女なのだ。

「充分に持っているだって？」サンダーはあざけった。「息子が二人いる身で、スーツケースがひとつしかないのに？　ぼくの息子や妻にはその地位にふさわしい服装をしてもらう、決して――」

「決して、何かしら？」ルビーは挑むように遮った。

「答える必要があるのかな？」サンダーは穏やかな声で冷ややかに問い返した。

見るからに高級そうな車のトランクに使い古したスーツケースがおさめられ、息子たちはシートベルトを締めた。

ルビーの心は決まっていた。それでもいざ出発となると、彼女は戸口でためらった。

「きみのコートはどこだ？」

「コートはいらないわ」ルビーは嘘《うそ》をついた。冬のコートを持っていなかったが、あんなことを言われたあとでサンダーに話すつもりはない。彼は車のドアを開けて待っていた。三月の冷たい風に震えながら玄関ドアに鍵《かぎ》をかけ、ルビーは頭痛をこらえて車に乗りこんだ。高級な革のにおいがする。あの運命の夜、二人をサンダーの泊まっているホテルへ連れていったタクシーのにおいとはずいぶん違う。ルビーは口の中がからからに乾くのを感じた。

後部座席の息子たちは前のシートの背に取りつけられたテレビに夢中になり、サンダーは運転に専念していた。こんなときにあの夜のことを考えてはいけない、とルビーは自分に言い聞かせた。だが遅すぎた。すでに記憶はあふれだしていた。

両親が事故死して、ルビーはひどいショックを受けた。姉はすぐさま家を売ると決断した。ルビーは当時、両親が多額の借金を抱えているとは思いもしなかった。いちばん上の姉がルビーには本当のことを知らせないようにしたのだ。ルビーは姉がチェシャーでインテリア・デザインの会社を始めるために家を売ることにしたのだと思いこんだ。姉に腹を立てたルビーは近所に引っ越してきたトレーシーという女の子とあえて友だちになった。姉がトレーシーの両親の放任主義やトレーシー自身のことをよく思っていないことを知っていたからだ。トレーシーはルビーより八カ月だけ年上だったが、はるかに世慣れていた。流行の最先端を行く、これ以上ないほど露出度の高い服で身を固め、髪をブロンドに染めて厚化粧をしていた。

姉に対してはことさら認めるつもりはなかったけ

れど、ルビーはトレーシーが打ち明けた話にショックを受けていた。トレーシーの人生の目標はサッカー選手のボーイフレンドを見つけることだった。ある日、トレーシーはマンチェスターの若いサッカー選手が足繁《あししげ》く通っているクラブがあると聞き、一緒に行ってくれとルビーに頼んだ。

トレーシーの話に驚いたルビーは、本当は行きたくなかった。ところが、姉が許してくれないからという口実をもうけて断ろうとしたら、トレーシーはルビーをあざ笑った。〝何をするにもお姉さんの許可が必要だなんて、赤ちゃん並みね〟と。そんなことはないとルビーが言い返すと、トレーシーは〝だったら一緒に行って証明してごらんなさい〟とけしかけた。

ルビーはまだ十七歳で、しかも十七歳にしてはあまりにも世間知らずだった。そのうえ、両親の死という自分の力ではどうにもできない出来事に見舞われ、彼女の世界はめちゃくちゃになっていた。あなたが反抗するのはまったく自然なことで理解できるし、あなたの身に起こったことであなたが責められるいわれはない、と二人の姉は何度もルビーを諭した。だが、これからいつも後ろめたい気持ちを抱えて生きていくことになると、彼女は心の奥深くでわかっていた。

マンチェスターに出かける前に、トレーシーはルビーを〝変身させる〟と約束し、ウオッカ入りのジュースをルビーに渡した。ルビーはお酒を飲んだことがなかったので、すぐに酔いがまわった。頭がふらつき、トレーシーが用意したショートスカートと体にぴったりのシャツに着替えるように言われても、抵抗できなかった。さらにトレーシーはルビーの顔に自分と同じような化粧を施した。黒いアイラインを引き、まつげにはマスカラをたっぷりつけて、濃いピンクのリップグロスを塗った。

鏡を見ると、くしゃくしゃの髪にピンク色の唇を突きだした見知らぬ女の子がルビーを見返していた。ウオッカ入りのジュースが引き起こしためまいに悩ませられながら、ルビーはあっけに取られて鏡を見つめるばかりだった。

まだ十七歳の世間知らずとはいえ、トレーシーがクラブの用心棒をおだてて中に入れてほしいと頼む姿を見る前から、ここは自分がいるべき場所ではないと気づいていた。姉たちも、亡くなった両親も、同じように考えるのは間違いない。それでもトレーシーに軽蔑されるのを恐れ、家に帰りたくなったとは言えなくなっていた。

ほかの女の子たちが店に入っていくのが見えた。みんなルビーより年上で、体にぴったりした服を着て日に焼けた肌を大胆に見せていた。いっそうルビーは自分が場違いな存在だと感じた。

店内は、トレーシーと同じ目的でやってきた女の子たちで混雑していた。カウンターのそばに立っていると、若い男性が何人かやってきた。人目につきにくいテーブル席に座ろうとルビーが言うと、トレーシーはあざけった。

〝ばかを言わないで。隅っこに座ったら、誰もわたしたちを見ないわ〟やってきた男の子たちを無視し、トレーシーは続けた。〝連中はくずよ。ベッドの相手を探している普通の男〟

トレーシーは飲み物を買った。クラブの中は暑く、ルビーは喉の渇きをいやしたくてカクテルを飲んだ。しばらくは、なんともなかった。しかしすぐに目がまわりだし、ウオッカ入りのジュースを飲んだとき以上に方向感覚がなくなった。

クラブは客でごった返し、騒々しかった。ルビーは頭が痛くなってきた。アルコールのせいで感情が高まってくると、自分がよそ者で孤独だと感じた。両親を亡くした現実を痛感し、これまで感じていた絶望とみじめさをすべて思い出した。

若い男性と話しはじめたトレーシーは、二人の会話からルビーを締めだすために背中を向けた。

突然、ルビーは失ってしまった安全な家庭が恋しくてたまらなくなった。自分を守ってくれる誰かが、愛してくれる誰かがどこかにいると信じたかった。姉とは違い、決して衝突することのない誰かが。

そのとき、カウンターの向こうの端にいるサンダーの姿が目に入った。彼は明らかにほかの男性たちとは違っていた。まず、黒い髪をきちんととかし、スーツを着ていた。とてもおしゃれに見える。そして、人の上に立つ雰囲気を漂わせていることが、不安を抱えているルビーにはすぐにわかった。お酒が入っていたせいで、サンダーが混乱と苦痛の海に浮かぶ避難所のように見えた。

ルビーは彼から目を離すことができなかった。彼と目が合ったとき、勇気を出して話しかけようと思った。そのとたん唇がからからに乾き、ルビーは舌で唇をなぞった。サンダーの視線がルビーの舌の動きを追っていることに気づいて、ルビーは彼に選ばれたと確信した。酔いも手伝って、二人のあいだには絆《きずな》があると信じた。二人は出会うべくして出会ったのだ、と。彼に近づけば自分は安全で、両親がしてくれたように恐怖から守ってくれる気がした。

実際に彼のほうへと歩きだしたときのことは覚えていなかった。ただ、波頭の立つ海を泳いできた者がようやく浅瀬にたどり着いたようにほっとしたのは覚えている。サンダーにほほ笑みかけたとき、ルビーはすでに彼を知っているように感じた。だが、もちろん知らなかった。何ひとつ。

苦々しい思いで過去から思考を引きはがし、ルビーはずきずきするこめかみをもんだ。車は高速道路へと入り、速度を上げていた。

4

サンダーはスローン通りから少し離れたところにあるカールトン・タワーズ・ホテルに部屋をとっていた。バスルームつきの寝室が三つとかなり広い居間のある、とてつもなく大きなスイートルームだった。

一階のロビーを歩いているうちに、ひどく場違いなところに来たという思いに圧倒され、ルビーは身がすくんだ。ラウンジでは、洗練された身なりの女性たちがいかにも高価そうなショッピング・バッグをまわりに置き、午後のお茶を楽しんでいた。しかし、スイートルームに案内されるなり、サンダーと同じ部屋に泊まると知って、たちまち女性たちのことは頭から消え去った。

動悸《どうき》が激しくなり、緊張のあまり全身が敏感になって、ルビーはサンダーの存在を強く意識した。彼とは一メートルほど離れていたし、もちろん服も着ている。なのに、なぜか彼に触れられている気がした。声を聞くだけで、肌に彼の温かい息を感じるようだ。体じゅうが反応し、鋭くなった感覚がますます彼を意識させた。

サンダーは手を上げ、寝室のほうを示した。「ひとつは息子たちのためにツインベッドを用意してもらった」

ルビーはサンダーの上げた手に胸を包まれたような感覚に襲われた。服の下で胸が張りつめている。ルビーはわき起こる興奮を必死に抑えようとした。どうしてこんなことが起こるのだろう？　六年近く、男性と関係を持つことなく幸せに暮らしてきたのに。なぜいまこんなふうに体が反応してしまうの？

記憶に反応しているだけよ、それだけのこと。サンダーに対する欲望は、あのときの記憶と同じように過去のもので、現在のものではない。ルビーは自分を納得させようとしたが、そうではないとわかっていた。とはいえ、彼が強い欲望をかきたてることができるとは考えたくなかった。頭痛に伴う吐き気に加え、胃のあたりに不快感がこみあげてきた。実際、気分の悪さは尋常でなく、高速道路のサービスエリアで休憩をとったときには本当に吐いてしまったほどだ。旅行用の歯磨きセットを買い、口の中をすっきりさせたかった。しかしそれ以上に、いまはただ暗い部屋で横になりたかった。無理な願いと知りつつも。

「当然のことながら、きみとぼくは残りの二つの寝室を使う」サンダーが続けた。「きみは子どもたちに近いほうの部屋を使いたいだろう？」

「子どもと一緒の部屋でよかったのに」息子たちと同じ部屋にいれば、厄介な記憶がこれ以上よみがえることもないはずだ。「三部屋もあるスイートをとるなんてもったいないわ」

「二部屋しかないスイートだったら、きっとホテル側はきみがぼくのベッドで寝ると思うだろうね」

サンダーの指摘に、新たなイメージがルビーの頭に浮かんだ。大きなベッドの上で男女が一糸まとわぬ姿で絡み合い、男性の両手は女性を抱きしめて愛《あい》撫《ぶ》し、女性は恍惚《こうこつ》となっている。男性はサンダー、女性はルビーだ。みだらな想像に体がかっと熱くなり、ルビーはうろたえた。いまわたしが経験しているのは、ひどい心的外傷《トラウマ》を抱えた被害者が自分では抑えようのないフラッシュバックに悩まされるのと同じに違いない。望んでもいないのに、突然サンダーが現れたせいで、わたしの人生に劇的な影響を与えた出来事を思い出してしまっただけだ。それ以上の意味はない。

スイートルームを探検し終えた子どもたちが駆けて戻ってきたので、ルビーは我に返った。ハリーは母親のもとに走り寄り、いきなりまくしたてた。「ねえ、ねえ、ぼくたちの部屋にテレビがあるんだ。それに――」

「ベッドに入ったら、テレビは消すのよ」ルビーはきっぱりと言った。いつもの母親の役割をこなすことができ、ほっとした。「決まりはわかっているでしょう」ルビーはテレビを見る時間に関しては厳しく制限してきた。子どもたちに自分たちで楽しみを見つけてほしかったからだ。

それでも、ルビーの頭の隅には、部屋に関するサンダーの言葉がまだ残っていた。言葉の本来の意味がどんどん大きくなり、まるで時限爆弾を抱えているようだ。〝ぼくのベッド〟というサンダーの言葉が、ルビーの心臓にナイフのように突き刺さっていた。どうして？ ルビーは自問した。サンダーとベッドをともにしたいとは思わない。いまのわたしは彼のことなどなんとも思っていない。わたしが知っている男性は彼ひとりで、セックスの経験がきわめて乏しい。だから、まるでティーンエイジャーのように〝ぼくのベッド〟と言う言葉に過剰に反応してしまい、セックスとはほとんど無縁の話にも顔を赤らめてしまうのだろう。そんな自分を、ルビーはあざ笑った。

「午後は、島で必要になる子どもたちの服をそろえようと思っている。ここからハロッズまで歩いてもいいし、タクシーで行ってもいい」

とうてい買い物などする気分ではなかったが、彼に自分の弱い面は見せまいとルビーは心に決めた。さもないと、サンダーに悪い母親だと非難されるのがおちだ。

それに、ドラッグストアを見つけて、鎮痛剤を手に入れることができるかもしれない。これほどひどい頭痛に悩まされたのは久しぶりだったので、ルビーは薬を持ってきていなかった。ずっと続いている吐き気を無視してサンダーに向かってうなずいたとたん、後頭部に鋭い痛みが走り、彼女はたじろいだ。

「子どもたちには夏の服が必要だ」サンダーが続けた。「三月でも島の気温は二十二度くらいまで上がるし、夏には三十度を超える」


二時間後、ルビーは腹立たしさと、息子たちに対する誇らしさのあいだで煩悶《はんもん》していた。ルビーがいちばん安い服を選んで、できるだけサンダーにお金を使わせないようにしているのに、彼はことごとく反対した。店員たちは新しい服を着た息子たちを見て称賛の笑みを浮かべた。入荷したばかりの夏物から選んだ男の子らしく洗練されたズボンと上着は、確かにとてもかわいらしかった。

子どもたちが行儀がよかった褒美にと、サンダーはどうしてもおもちゃ売り場に連れていくと言い張った。そして見るからに複雑そうな最新式の男の子のおもちゃをそれぞれに買い与えた。二人とも言葉を失うほどの喜びようだった。

息子たちと買い物をしているあいだ、近くにいる女性たちがサンダーをうっとりと眺めていることにルビーは気づいた。彼女たちなら、喜んでサンダーと結婚するだろう。そう思うと、ルビーの心臓は突然、早鐘を打ちだした。

ホテルへ帰る途中、サンダーはまわり道をして、子どもたちにハイドパークを歩かせようとルビーに提案した。ルビーは喜んで同意した。新鮮な空気を吸えば、頭痛も少しはましになるかもしれない。

「今夜は仕事で出かけなければいけない」

ルビーが前を歩く息子たちから目を離さずにサンダーと並んで歩いているとき、彼が切りだした。

「だが出かける前に、宝石商に結婚指輪と婚約指輪をホテルに持ってこさせる手はずになっている。それから、明日の午前中にハービーニコルズにあるエステと美容院を予約した。そのあと、買い物の相談係がきみの新しい服を選ぶのを手伝ってくれる。そのあいだ子どもたちが退屈しないように、自然史博物館に連れていこうと思っている」

ルビーは足を止め、目に怒りの炎を燃やしてサンダーを見た。「エステや美容院の予約も新しい服も必要ないわ。ありがとう。でも、けっこうよ。それに婚約指輪もいらない」

ルビーは嘘《うそ》をついている。サンダーは決めつけた。何もいらないふりをしてぼくからもっと多くのものを手に入れようと考えているに違いない。そんなことができると本気で思っているのだろうか？

彼の胸中など知らず、ルビーは続けた。「わたしのいまの外見があなたにとってふさわしくないなら、お気の毒さま。わたしは満足しているの」

ルビーは子どもたちのあとを急いで追いながら、体調の悪さを無視しようと努めた。振り返らずとも、サンダーが追いついてすぐ後ろにいることはわかった。体が彼の存在を感じていた。

「選択肢は二つしかない」サンダーは冷ややかに言った。「ぼくがきみのために手配したとおりにするか、店の者に選んでもらう服を無条件で受け入れるか、そのどちらかだ。ぼくの妻となる以上、いまきみが着ているような服は論外だ。自分の体を男にアピールしたいがために、きみはコートも着ようとしない。確かにそのほうが男はきみの体を評価しやすくなる」

「なんてひどいことを言うのかしら。いいかげんなことを言ってわたしをおとしめるのはやめて。わたしがコートを着ていないのは……」不意にルビーは言葉を切った。怒りに任せて、自分のみじめな状況をうっかり認めたくなかった。

した。

「なぜかな?」探りだすような口調でサンダーが促した。

「持ってくるのを忘れたからよ」ルビーは力なく答えた。本当は自分のコートまで買う余裕がないからだ。日増しに成長する息子たちの衣類だけで手いっぱいだった。とはいえ、サンダーに打ち明けてこれ以上の屈辱を味わうのはごめんだ。

どうしてこんな女と結婚できるだろう? サンダーは腹立たしげに思った。ルビーについて調べさせた調査員の報告書の中に彼女が怠慢な母親だという指摘があったら、サンダーにとってははるかに好都合で、息子たちを母親から引き離す法的措置をとることができただろう。だが報告書の中にそうした記述はいっさいなかった。ルビーはいい母親であり、母親がいなくなれば、子どもたちが傷つくのは必至だと強い調子で書かれていた。サンダーはそんな危険を冒すつもりはなかった。

ルビーの反抗的な発言を無視し、サンダーは言葉を継いだ。

「子どもたちも外見や他人の意見を意識する年ごろになっている。これまでとは異なる環境にもなじむ必要もある。きみだって、息子たちが暮らしにくい状況にはしたくないはずだ。島の支配者であり、最も有力な一族として、ぼくにはコンスタンティナコス一族に対して負う義務がある。その中には客をもてなすことも含まれ、ぼくの妻としてきみにも参加してもらう。そのうえ、ぼくの妹やその友人、アテネに住んでいる親戚《しんせき》の夫人たちは、誰もが流行に敏感だ。きみがいまのような格好をしていたら、ぼくたちの結婚が普通とは違うことにすぐさま感づくだろう。そうした事態はぼくたちの息子にも影響を与える」

ぼくたちの息子……。ルビーは心臓を大きな手でわしづかみにされたような苦痛を感じ、いまにも大人げない反撃に出そうになった。あなたは最近まで子どもの存在すら知らなかったのだから、子どもたちに与える影響についてわたしに助言できる立場にはない――彼女はそう言いたかった。けれど、言ったところでどうなるの？

　またも彼が勝ったのだ、とルビーは認めざるをえなかった。外見で判断される怖さをひしひしと感じていた。自分の外見が水準に達していなければ、息子たちに重大な影響を及ぼすこともわかっていた。子どもにとって仲間に受け入れてもらえるかどうかはきわめて重要な問題だ。たとえ幼い子どもでも、ほかの人と異なっていたり、恥ずかしい思いをしたりするのはまっぴらに違いない。わたしは自尊心と折り合いをつけ、息子たちのためにサンダーの施しを受けるべきなのだろう。

　こんなにも無力で他人に依存している自分が、ルビーはいやでたまらなかった。姉たちを愛していたし、ルビーや息子たちを支えてくれた二人には言葉にできないほど感謝していた。だが、つねに人に頼り、経済的に自立していないと、自尊心を持てず、つらいと感じることもあった。だからこそ、息子たちが学校に通うようになったら、仕事につながる資格を取得したいと思っていた。なのに、これからは姉以外の人間にすがり、しかもいま以上に経済的に依存することになるのだ。

　もっとも、大事なのはわたしの自尊心ではない。何より大切なのは息子たちの幸せだ。息子たちを身ごもったのは予定外のことだった。それに、自分の外見やお金に関する件でサンダーの意見を求めたことはない。わたしは二十三歳だ。涙が出そうになるほど恥ずかしい思いをし、無力感に苛《さいな》まれるのはばかげている。

　感情を隠すため、ルビーは息子たちの前にかがんで、あまり先まで走ってはいけないと注意した。

息子たちがうなずくのを確かめて立ちあがったときだった。急に動いたせいか、めまいがして、体のバランスを失った。サンダーが手を差し伸べてくれなかったら、地面に倒れていたところだった。サンダーのおかげで、ルビーは地面ではなく彼の胸に倒れこんだ。

たちまちルビーの意識は過去へとさかのぼった。状況はまったく違っていたが、あのときもルビーはつまずき、サンダーに助けられた。つまずいた原因は、トレーシーに半ば強引に勧められて借りたハイヒールを履き、カクテルを飲み過ぎたことだった。結果はいまと同じだった。あのときのようにサンダーの規則的な鼓動を感じるや、ルビーの脈は跳ねあがり、呼吸もままならなくなった。体から力が抜け、彼女を抱いているサンダーの腕を振り払うことさえできなかった。あまりにも接近しているので、彼の肌のにおいや、温かい肌の下の筋肉、男性的な力を意識した。そして何よりただ彼に抱かれたいという欲求で頭がいっぱいになった。

あのときは彼の腕の中でわくわくしたけれど、いまは……。ルビーはパニックを起こしそうになった。こんなふうに感じるはずではなかった。こんなふうに感じたくなかった。サンダーは敵だ。彼が息子たちの父親だという理由で一緒に住まなければならなくなった敵であり、ルビーを侮辱することで彼女の純真さをはぎ取った敵だった。

ルビーは彼を押しのけようとした。ところが、サンダーは手を離すどころか、しっかりとルビーを抱きしめた。

彼女がほっそりしていることは、サンダーにはすでにわかっていた。しかしこうして抱きしめ、実際に骨格を感じると、どれほどやせているかがわかり、ひどく驚いた。それに、コートは必要ないと言っていたのに、震えている。

サンダーはまた、ルビーに関する報告書を思い出した。栄養不足にならないよう子どもたちに充分に食べさせるために、彼女自身は食事の量を削っているのだろうか？　抱いたことがあるので、息子たちの体がしっかりしていることは知っている。子どもたちの活発な様子からも、彼らがいかに健康かがわかる。サンダーにとって大事なのは、子どもたちの健康で、母親の健康ではない。しかも、彼の人生にルビーが存在するのは、子どもたちのためを思うからだ。

それにしても……。サンダーはルビーの顔を見下ろした。彼が覚えているよりもずっと青白い。もっとも、初対面のときはずいぶん厚化粧をしていた。いまはまったくしていない。頬骨がいくらか目立っているものの、唇はいまも豊かで柔らかそうだ。自分の体をどう利用すればいいか知っている魅惑的な女性の唇だ。ルビーが彼に近づいてきた目的については、サンダーはまったく幻想をいだいていなかった。ルビーと彼女の友人が金持ちのサッカー選手をものにしようと話しているのを聞いていたからだ。ルビーはサッカー選手とのデートがかなわず、しかたなく標的をサンダーに変更したのだ。

サンダーは眉をひそめた。記憶にある若い女の子と、いま目の前にいる華奢《きゃしゃ》な女性とを比べたくなかったし、ルビーのことを心配している自分がいやだった。どうしてぼくがルビーのことを気にかけないといけないんだ？　いや、気にかけてなどいない。

自分にそう言い聞かせたにもかかわらず、ルビーが彼から離れようとしたとき、サンダーは急に彼女を放したくないという衝動に駆られた。どんよりした灰色の空から不意に三月の太陽が顔を出し、彼女の完璧《かんぺき》な肌を輝かせ、ブロンドの巻き毛を神々しいばかりに照らしだしたのだ。それでもサンダーは自分の気持ちに逆らって、やっとの思いで彼女から手を離した。

サンダーの手に力がこもったと思ったら、思いがけないすばやさで手が離れたので、ルビーはひどく困惑した。喪失感という言葉がルビーの脳裏をよぎったが、とっさに否定した。喪失感など覚えるはずがない。サンダーから自由になりたかったのだから。彼に抱きしめられても、なんとも思わない。この六年間、サンダーの腕の中に戻りたいと思って過ごしてきたわけではない。そんなはずはない。最後に覚えているのは、彼がいかにも軽蔑《けいべつ》したようにルビーを押しのけたとき、肌に食いこむほど強く彼の手につかまれていたことだった。

雨が降りだした。ルビーは震えながら、戻ってきなさいと子どもたちに呼びかけた。

一行はサンダーが止めたタクシーに乗りこんだ。幸い、大人二人のあいだに息子たちが座ったので、サンダーの体と触れ合わずにすみ、ルビーはほっとした。

いまは息子たちの将来のことだけを考えるべきよ。ルビーは胸の内でつぶやいた。何よりも大事なのは息子たちが幸せに暮らすことだ。息子たちはサンダーのいる環境に早くも順応している。高価なおもちゃを褒美に買ってもらったことで、いっそう父親を受け入れやすくなったのだ。ルビーは唇を嚙《か》みしめた。息子たちはまだ幼いから、親の愛情は贈り物で示されるものではないと説明しても理解できないだろう。父親の富で子どもたちが甘やかされることがないよう、また、ほかの人たちの生活や苦労に鈍感にならないように注意を払うことが、これからのわたしの大きな役割になるだろう。

ホテルのスイートルームに戻ると、ルビーはバスルームで鎮痛剤をのもうとした。練り歯磨きがないからといってドラッグストアに行き、買ったものだった。だが錠剤をのみこもうとしただけで胃がむかむかし、ひどい吐き気を催した。

子どもたちが食事を終えると、ルビーは頭痛と吐き気に悩まされながら手早く風呂に入れ、ベッドに寝かしつけた。

その数分後、サンダーが手配した宝石商がやってきた。サンダーがルビーに宝石商を紹介し、三人が椅子に腰を下ろすと、宝石商はブリーフケースから布包みを取りだした。

宝石商は上品なコーヒー・テーブルの上に布を広げた。そこに現れたいくつもの指輪を見て、そのまばゆいばかりの美しさにルビーは驚きの声をあげそうになった。

どれも豪華ですばらしいものだったが、ルビーは尻ごみした。これほど高価なものを身につけるのはなぜか恥ずかしく、間違っているように思えた。指輪は永遠に続くかけがえのない愛情と約束を象徴するものだ。わたしとサンダーの空虚な結婚にはふさわしくない。

「あなたが選んで」心ここにあらずといった口調でルビーは言った。指輪を見たくなかった。

サンダーは眉をひそめた。目の前できらきら輝いている高価な宝石にルビーは興味がないように見える。彼の母親は宝石が大好きだった。夜の外出に備えて鏡台の前に座っている母の姿が目に浮かぶ。装いを凝らし、腕にはアンティークのカルティエの腕輪がいくつもきらめいていた。

〝あなたを産んだから、これだけの腕輪を買ってもらったの〟母は言った。〝あなたのお祖父《じい》さまはお父さまにひとつだけ買うようにと言ったから、わたしは跡継ぎを産んであげたことを思い出させたわ。ありがたいことに、あなたは女の子じゃなかった。お祖父さまはとてもけちだったから、もしあなたが女の子だったら、わたしがお父さまから何ももらえないようにしたでしょうね。覚えておきなさい、サンダー、あなたが高価な宝石を贈れば贈るほど、女性は喜び、あなたはさらに女性に要求できるようになるのよ〟母は声をあげて笑い、光沢のある赤い口紅を塗った唇を鏡に向かって突きだしてみせた。〝女性の秘密をあなたに教えたりしてはいけなかったかしら？〟

浅はかで強欲で美しかった母。ギリシアの名門貴族の出身という理由で祖父は母を父の花嫁に選び、母は自分の家族の貧しさを嫌って父と結婚した。サンダーは物心がつくと、学者肌の優しい父が結婚を無理強いした祖父に侮辱され、夫のことを銀行口座としか考えていない母に見下されるのを目にして、父の二の舞を演じたりはしないと固く誓った。

宝石に興味がないふりをしてルビーは何を望んでいるのだろう？　もっと高価なものか？　サンダーは腹立たしげに指輪を見つめ、いちばん小さなソリテアに手を伸ばした。それを選ぶことで彼女を罰するつもりだった。ところが指輪に手を触れる寸前、すぐそばの別の指輪が目に入った。二つのみごとなダイヤモンドが照明を浴びて輝いていた。

ルビーはひどく気分が悪く、サンダーがどんな婚約指輪を選ぼうがどうでもよかった。ようやく彼が選んだのを見てほっと息をついた。一刻も早く不愉快な茶番劇が終わることだけを願っていた。

「これにしよう」サンダーはぶっきらぼうに宝石商に言った。自分の感傷的な行為にいらだちを覚え、知らず知らず耳障りな声になっていた。

宝石商は指輪をサンダーではなくルビーに渡した。ルビーはしぶしぶ受け取り、冷たい金属の輪を指に滑らせた。初めて指輪をまともに見て、ルビーの目は大きく見開かれ、同時に心臓が跳ねた。ほっそりした腕にすばらしいダイヤモンドが二つ、わずかにずれておさまっている。双子の息子のための二つのダイヤモンド。ルビーは喉がつまりそうになった。

やめようと思いつつも、感情があらわになったまなざしをサンダーの目に向けた。だが、そこに温かみはまったくなく、冷ややかな視線がルビーの心を引き裂いた。

「すばらしいものを選ばれましたね」宝石商が賛辞を口にした。「どちらも二カラットで、最高品質のダイヤモンドです。もちろん、お望みどおり、採掘に関して道徳的な問題はまったくありません」

宝石商の言葉にルビーは驚いた。ルビーが知っているサンダーはダイヤモンドがどんなふうに採掘されたのかなど、気にかけないと思っていた。だが気にかけているのだ。

それがどうかしたの？　ルビーは自問した。わたしは彼を誤解していたのかしら？　違う、と彼女は自分に言い聞かせた。サンダーに対する評価をいまさら変えたくなかった。どうして？　再び胸に問いかける。サンダーを違ったふうに見たら、いま以上に彼に対して弱くなるかもしれないから？　性的に弱くなるだけでなく、感情面でももろくなるから？

いいえ、そんなことは起こらない。

ルビーはうろたえ、吐き気がさらにひどくなった。しばらくして宝石商が帰ったときにはほっとした。あとを追うようにサンダーも仕事の会合へと出かけていった。

これでやっと横になることができる。もちろん子どもたちの様子を確かめたあとで。

5

「たっぷりとした美しい髪ですが、かなりカールしているので、少し違う長さをまぜたほうがいいでしょう」最初にルビーの髪を調べに来たシニア・スタイリストが言った。

ルビーはただうなずいただけだった。どんなふうにカットされようとかまわなかった。まだ気分がすぐれず、頭痛もおさまっていない。経験上、いったん頭痛が始まると、おさまるまでに二、三日かかるとわかっていた。

とはいえ、スタイリストが後ろに下がり、〝いかがでしょう？〟と言ったとき、あまりの変わりようにルビーは息をのんだ。まとまりのない巻き毛が、

驚くほどあか抜けたヘアスタイルに変わっていた。カールした髪が羽のように軽やかに顔を縁取り、肩の上で揺れている。きのうの午後、ホテルのロビーでお茶を楽しんでいた女性たちの中に、同じようなヘアスタイルの人がいた。一見したところシンプルに見えるが、気品があり、お金がかかっているのがわかった。

「すてきだわ」ルビーは弱々しい口調で言った。

「ヘアスタイルを保つのは簡単です。洗ったあと、乾けば元の形に戻ります。生まれつきブロンドの髪だなんて、幸運ですね」

ルビーは礼を言い、美容院をあとにした。けさは何も塗らないトーストを一枚、なんとか食べることができた。鎮痛剤を二錠のんでいたので、痛みも少し和らいでいた。

続いてエステ・サロンに向かう途中、すれ違う女性たちがルビーのほうを振り返り、じろじろ見ていた。

くことに気づいた。みすぼらしい服を着て化粧もしていないのに、ヘアスタイルだけが優雅で新しいため、奇妙に思っているのだろう。

認めたくなかったが、第一印象が大事だというのは間違いない。特に女性は同性を見かけで判断する。母親がほかの女性たちから軽蔑《けいべつ》され、子どもたちが恥ずかしい思いをするような事態は、なんとしても避けたかった。幼い子どもでも周囲の反応には敏感で、すぐに気づくものだ。

ルビーは大きく息を吸い、顎を上げてエステ・サロンの中へ入っていった。

二時間後、服を買いそろえるのを手伝ってくれる相談係がルビーを迎えに来た。

エステ・サロンを出るとき、ルビーは鏡に映った自分の姿を見ずにはいられなかった。鏡の中で見返している若い女性が自分だとはとうてい信じられない。爪はきれいに磨かれて流行の濃い色に塗られ、眉はきれいに形を整えられている。化粧はしているのかどうかわからないほど、ごく薄めに施されていた。それでも目は大きく濃い色に、唇は豊かで柔らかそうに見えた。肌の色も完璧《かんぺき》で、ルビーは鏡の中から見返しているつややかな顔から目を離すことができなかった。

決してサンダーに言うつもりはないが、最初に店に入ったときにちやほやされる不愉快さを乗り越えてしまえば、変身するのは楽しかった。不安を抱えた母親ではなく、自信に満ちた若い女性になった気分だった。

「単にギリシアの島で休暇を過ごすというより、そこで暮らすための服がご入り用なのですね。しかもさまざまな社交界や顧客とのおつき合いも多いとか。そうですね？」ルビーの返事を待たず、相談係は続けた。「幸い、デザイナーズ・ブランドの旅行用のコレクションがいくつかあるほか、新しい夏物の在庫もございますから、必要なものはすべて間違いなくそろえることができます。ウエディングドレスは……」

ルビーの心臓が跳ねた。なぜかルビーは、ウエディングドレスが必要だという話をサンダーが相談係にするとは思っていなかった。

「式は戸籍役場で簡単にすませる予定なんです」ルビーは言った。

「でも、愛する人と結婚する日と、その結婚式に着るものは、女性にとっていつまでも記憶に残るものですよ」相談係は言い張った。

相談係は店の利益を考えているだけよ、とルビーは自分に言い聞かせた。相談係の言葉に感情的になる理由は何もない。どのみち、わたしはサンダーを愛していないし、もちろん彼もわたしを愛していないのだ。何を着るかなどたいした問題ではない。将来、二人が結婚式のことを思い返すなどありえない。

そう思うと、ルビーは喉がつまり、厄介なことに胸が痛くなった。どうして？　もう二十三歳で、五歳になる二人の息子の母親だというのに。ロマンスやそれに伴うもろもろの感情は、チョコレートに似たものだと思い、ずいぶん前に考えるのをやめてしまった。舌に甘く感じるのはほんの短いあいだだが、中毒性があり、病みつきになる危険がある。良識を保つには何も考えないのがいちばんだ。息子たちに対する愛情や姉たちとの絆《きずな》は永遠に続くが、わたしが見たり聞いたりしてきたロマンティックな愛は妄想の産物にすぎない。

フレディーもハリーも自然史博物館の展示品に興味津々だった。サンダーの手をしっかり握り、保護を求めるように彼に寄り添っていた。彼を〝お父さん〟と呼び、一緒にいられて幸せだと全身で示していた。なのに、どうしてルビーがいないことがこれほど気になるんだ？　何か欠けていると感じているからだろうか？　いや、息子たちの身になっているにすぎない、とサンダーは心の中で即座に否定した。母親がいなくて息子たちが寂しい思いをしているのではないかと気になっているのだろう。それ以上でも以下でもない。

どうしてこんなことになったのかわからないまま、ルビーは望んでいたよりはるかに高価な服を買ってしまった。それも大量に。

ルビーが抗議したり反対したりするたびに、相談係は丁重に、しかしきっぱりと反論した。あなたはさまざまな状況に対応できる服をすべてそろえなければなりません、と。当然のことながら、服はすばらしいものばかりだった。クリーム色のリンネルの美しいパンツやショートパンツ、シャツと同じシルクで裏打ちされたパンツとおそろいのベスト、流れるように柔らかなシルクのドレス、シルクや綿のシャツやブラウス、フォーマルなカクテルドレス、そしてカジュアルだが、驚くほど高価な、相談係が言うところの〝レジャーやビーチ用〟の服。さらに場や服に合わせた靴に、下着。シルクやレースの小さな下着ではなく、もっとまともなものを選びたかったが、結局は相談係の言うがままだった。あとはウエディングドレスを残すのみとなった。

相談係はクリーム色のドレスとおそろいのジャケットを大げさな身ぶりで出してきて、誇らしげに言った。「ヴェラ・ウォンの新しいコレクションから選んだものです。短いドレスなので、戸籍役場での結婚式にうってつけです。もちろん、あとでカクテルドレスとして使えます。実のところ、ほかのお客さまが注文されたものだったのですが、実際に着てみたら、小さすぎたんです。あなたならぴったりでしょうし、ひだのつけ方があなたの体型によく合うと思います」

つまりは、クリーム色のシルク・サテンのドレスはプリーツ・ルーシュが特徴になっていて、ひどくやせているルビーの体型をうまく隠してくれるということだろう。

ドレスは上品で美しく、女らしかった。なるほど、このドレスなら、女性は結婚式で着たことを一生忘れないだろう。だからこそ、ルビーは着たくなかった。けれど、試着係が待ちかねている。

相談係の見立てどおり、ドレスはルビーにぴったりだった。腕のいい職人の手で裁断されたドレスは、実際よりもはるかにルビーのウエストを細く見せながら、彼女の体型に女らしい曲線を加えてくれている。鏡に映る女性がルビーではなく、ほかの女性のように見えてきた。事情が違っていれば、ルビーだったかもしれない誰かに。もしサンダーがわたしを愛してくれていたら、鏡に映っている女性は自分だと確信できたかしら?

ルビーはかぶりを振り、ドレスを脱ぎはじめた。鏡が投げかけてきた残酷な現実から逃避したかった。わたしは鏡の中の女性には決してなれないのだ。夫に心から愛され、花嫁としてすべてを要求する権利を持つ女性には。

「これはいらないわ」ルビーは困惑している相談係に言った。「片づけてちょうだい。ほかのものを着るから」

「でも、あなたにぴったりなのに……」

ルビーはそれでも首を横に振りつづけた。

彼女が更衣室で服を着ているとき、相談係が温かそうなパーカーを持って現れた。カジュアルな形のオフホワイトのパーカーだった。

「忘れるところでした」相談係が言った。「ご主人になる方から言づかっていたものです。コートを家に忘れてきてしまったので、ロンドンにいるあいだ、何か上に羽織るものが必要だとおっしゃって」

ルビーは黙ってパーカーを受け取った。柔らかなチェックのウールを裏地に使った、おしゃれなパーカーで、仕立てもすばらしい。

「新進デザイナーの作品なんです」相談係は誇らしげに説明した。「いま試している商品で、プラダで技術を磨いたイタリア人のデザイナーが手がけたものです」

目に浮かんだ感情を相談係に見られないよう、ルビーは顔を伏せた。コートを忘れたというルビーの言葉を信じるふりをしてサンダーは彼女をかばったのかもしれないが、かえってルビーの自尊心は傷ついた。ルビーが冬用のコートを持っていないことも、きのう公園を歩いていたときに寒さで震えていたことも、彼はお見通しなのだ。

新しいパーカーを着て、歩いてホテルに戻りながら、ルビーはみじめな気持ちになった。ヘアスタイルが新しくなり、きれいに化粧をしても、以前の自分とまったく変わりはない。若いときに過ちを犯して以来ずっと背負ってきた罪悪感を取り除くことができないのだ。高価な服は見せかけにすぎない。サンダーとの結婚と同じく。

けれど、息子たちにとっては違う。フレディーとハリーにわたしの気持ちを知られてはいけない。自分たちのために母親が犠牲になったと感じながら育つようなことは、絶対に避けたい。母親は幸せに暮らしていると思わせなければ。

まっすぐ部屋に戻るつもりだった。しかし、ロビーにいた女性が品定めをするような視線をルビーに注いでかすかにほほ笑むのを見て、気が変わった。まるで勝ったと言わんばかりの満足げな笑みだった。ルビーはひどく自尊心を傷つけられ、ラウンジへと足を向けた。

よく教育されたウエイトレスがラウンジのいちばん前の小さなテーブルへとルビーを案内した。つかの間のーは薄暗い隅の席に隠れていたかった。ルビ反抗心が消えると、人目が気になりはじめ、孤独感を覚えた。ひとりで外出することに、ルビーは慣れていなかった。ふだん出かけるときは、つねに息子か姉が一緒だった。

ウエイトレスが注文をとりに来ると、ルビーは紅茶を頼んだ。朝から何も食べていなかったが、おなかはすいていなかった。緊張しすぎていたせいだ。

しだいにラウンジがこんできた。洗練された身なりの数人の女性たちに続き、スーツ姿のビジネスマンの一団が入ってきた。そのうちのひとりがルビーをじっと見つめてから、優しくほほ笑んだ。たちまちルビーは顔がほてった。

紅茶をカップにつごうとしたとき、息子たちが急ぎ足でやってくるのが見えた。あとからサンダーがついてくる。息子たちと同じく、彼の髪も濡《ぬ》れている。シャワーを浴びた直後のようだ。心臓が跳ね、手がひどく震えだしたので、ルビーはポットを下ろすしかなかった。

息子たちは今日の出来事を口々に話しはじめた。ルビーはなんとか息子の話に気持ちを集中しようとしたが、目はサンダーに釘《くぎ》づけだった。彼は足を止め、ルビーを見つめていた。

不意に足を止めたのは、ルビーの外見が変わったからではなかった。サンダーにとっては、新しいヘアスタイルもみごとな化粧も、すでに彼が知っているルビーの美しさを際立たせる表面的な飾りにすぎなかった。数日前、ルビーが玄関のドアを開けて姿を現したとき、彼女の繊細な容貌《ようぼう》にはたぐいまれな美しさがあることに気づいていた。

サンダーが足を止めたのは、目の前の三人の光景を見た瞬間、男としての誇りがわきあがってきたからだ。彼の息子たちとその母親。息子たちだけでなく、三人がそろっている光景に胸を打たれたのだ。三人がひとつの家族になっていたという以上に、自分の家族だと実感したからだろうか？　サンダーは首を横に振り、ルビーに対するなじみのない原始的な反応を追い払おうとした。彼が望んでいるものとはまったく正反対の反応だった。

いったい、ぼくはどうしてしまったんだ？

ルビーが変身したことでサンダーが気づいたことがあるとしたら、新しいヘアスタイルのせいでほっそりとした首があらわになり、顔色がよくなったことくらいだった。

自分の外見の変化が気になり、ルビーは息を止めて、サンダーが何か感想を言うのを待った。ルビーを見たとたんに足を止めたからには、何かしら思ったことは間違いない。しかし、テーブルまでやってきたサンダーは眉をひそめ、なぜ何か食べるものを注文しないのかと尋ねただけだった。

「お茶しか欲しくなかったのよ」ルビーは答えた。わたしの新しいヘアスタイルが気に入らないのだろうか？　だから、険しい表情をしているの？　とはいえ、わたしの変身ぶりに満足しているかどうか、尋ねるつもりはない。ルビーは子どもたちに目を向けた。「自然史博物館は楽しかった？」

「うん」ハリーが答えた。「そのあと、お父さんが泳ぎに連れていってくれたんだ」

泳ぎに？　ルビーは問いかけるようにサンダーを見た。

「このホテルのプールに行ったんだ」サンダーが説明した。「子どもたちは島に住むのだから、泳げるようにしておきたかった」

「お父さんに新しい水着を買ってもらったんだよ」フレディーが言った。

「子どもたちがプールに入るときは、最低二人は大人がついていないといけないのに」ルビーは思わずとがめた。「子どもはいつおぼれるかわからないし、それに――」

「監視員が見張っている」サンダーが遮った。「二人とも泳ぎの才能があるよ。遺伝だろうな。ぼくの弟は子どものとき、ギリシアの代表選手だった」

「お母さんの髪が違っている！」不意にハリーが叫んだ。

恥ずかしさのあまり、ルビーは背筋がぞくぞくした。これでサンダーも何か言うだろう。わたしは彼の指示に従ったのだから、ひと言あってしかるべきだ。だが、サンダーが彼女の期待にそうことはなかった。

「必要なものはすべて買っただろうな」サンダーはいかにも関心がなさそうに言った。「もう買い物の時間はない。前にも言ったが、結婚式の翌日には島に飛ぶ」

ルビーはうなずいた。わたしの変身ぶりについてサンダーが何も言わないからといって失望するなんてばかげている。それとも、がっかりするのは危険なことかしら？ 彼が称賛しようがしまいが、わたしにとってはどうでもいい。大切なのは子どものことだけだ。

フレディーもハリーも、おなかがすいているだろう。疲れてはいても、わたしは二人の子の母親だ。サンダーの感想を気にするより、母親としての責任を果たすことに気持ちを集中させなくては。

「子どもたちを部屋に連れていき、食事の手配をするわ」ルビーはサンダーに言った。

「それがいい。ぼくは大使館に行って片づけなければいけない用事がある」サンダーはそっけなく言い、小さくうなずいた。

「食事は？」尋ねたものの、サンダーが黙っているので、ルビーはばつが悪くなった。まるで一緒に寝てと頼みでもしたような、無作法なことを口にしてしまった気がした。一緒に食事をしたがっているような印象を彼に与えてしまった自分が腹立たしい。口の中がからからに乾き、ルビーはつばをのみこんだ。

彼女に単純な質問をされただけで、なぜ先ほどのような原始的な感覚がよみがえるのだろう？　サンダーはいらだった。彼は一瞬、二人で食事をしている光景を想像した。二人で？　いや、もちろん四人だ。ぼくの人生にルビーが戻ることを許したのは、息子たちのためだ。母性愛にしろ性的なものにしろ、女性の感情にだまされるほど、ぼくは愚かではない。こうした感情は唐突によみがえるが、またたく間に消えてしまう。

「古い友人と食事をする約束をしている」サンダーは嘘《うそ》をついた。「帰りは何時になるかわからない」

古い友人？　女性と食事をするのかしら？　もしかして愛人かも。子どもたちに軽い食事をさせ、なんとか自分も一緒に食べたあとで、ルビーは思いを巡らした。サンダーの生活や彼のまわりにいる人たちについて、彼女は何も知らないも同然だった。しだいに不安が大きくなる。

「お母さん、来て。ぼくたちの島だよ」

フレディーがノートパソコンを開けようとしているのを見て、ルビーは即座に注意した。

「やめなさい、フレディー。触れてはだめよ」

「大丈夫だよ、お母さん」ハリーが自信たっぷりに言った。驚くほど父親に似ている。「お父さんが見ていいって言ったんだ」

フレディーはノートパソコンを開けた。子どもはみんなそうだが、息子たちも現代的な装置によくなじんでいる。ルビーが口を開く前に、パソコンの画面に三日月形の島が現れた。三日月の背にあたる部分には、上から下まで岩山が走っていた。

サンダーと初めて会ったあと、ルビーはしばらくのあいだ彼についてできる限り多くの情報を集めようとした。一夜きりの関係だったと信じたくなかったのだ。

そのときにルビーがまず知ったのは、いちばん近い国はキプロスで、島は何度も侵略され、征服されたということだった。サンダーの体の中には十字軍の時代の征服者であるムーア人の血が流れていた。いま島民たちは自分たちをギリシア人だと思っているという。サンダーの一族が何世紀にもわたって島を統治してきたことも知った。そして、彼の祖父が第二次世界大戦後に海運業を起こし、島に新しい富と雇用をもたらしたのだ。

そこまで調べて、ルビーは彼に関する情報を集めるのをやめた。サンダーにとって彼女は取るに足りない存在だと気づいたからだ。

物思いを断ち切り、ルビーは息子たちにきっぱりと言った。「お風呂の時間よ」

ラウンジにいるあいだに、息子たちの新しい服とルビーの服がしゃれたスーツケースとともに部屋に届けられていた。子どもたちを寝かしつけたら、荷づくりをするつもりだった。

子どもたちが入浴を終え、寝てしまうと、ルビーは島の映像に興味をかきたてられ、ノートパソコンを開いた。

自分が何をしているか意識しないまま、ルビーは島の中心地を示す赤い点をクリックした。すぐにサムネイル化された画像が現れる。最初の画像をクリックして拡大すると、すばらしい青緑色の海からせりあがる断崖《だんがい》の景観が迫ってきた。断崖の上にまばゆいばかりの白い要塞《ようさい》が見え、ムーア式のような塔が澄み渡った青空に向かってそびえている。もう一枚を拡大すると、同じ建物を正面からとらえた画像が現れた。古代ギリシア風の建築らしく、左右対称の広場の中でひときわ目立っていた。真っ白なスカートの上にロイヤルブルーのジャケットという伝統的な制服をまとった護衛兵も印象深い。

ほかには、断崖を背にした美しい砂浜や、小さな漁港、白い頂を持つ山に咲き乱れる野生の花々など、自然を写した画像が多かった。それらとは対照的な、貨物船用の埠頭《ふとう》の現代的な施設や、まぶしいくらいに白い建物が集まった小さな町の画像もいくつかあった。

たちまちルビーは島に魅了された。同時に、島はルビーや息子たちが知っている世界とはあまりにも異なり、かけ離れていることを痛感した。わたしの選択は正しかったのかしら？　サンダーの家族も彼の生活もまったく知らないまま、島で暮らすことに同意してしまった。それに、いったん島に行ってしまったら、彼の意のままになるしかない。けれど、息子たちと一緒に行くことに同意しなければ、サンダーは二人を取りあげようとしただろう。一緒に島に行けば、少なくとも子どもたちのそばにいることができる。

母性愛が激流となってルビーの全身に押し寄せた。彼女にとっては息子たちがすべてだった。子どもたちが情緒面で安定した生活を送ることが、いまもこれからもルビーにとっては何よりも大切だった。とりわけサンダーが彼女の中にかきたてる厄介で屈辱的な欲望よりも。また口の中が乾いてきた。十七歳のときは、サンダーの性的な魅力に負けたと言い訳ができたが、もう十七歳ではない。たとえサンダーと体験したことが唯一の性的な情熱の記憶であったとしても、言い訳にはならない。もちろん、サンダーのほうは、ルビーを彼の人生から追い払って以来、数えきれないほどの女性とベッドをともにしてきたに違いない。

ディスプレイをじっと見ているうちに、サンダーの名前で検索したいという衝動をルビーは抑えることができなかった。興味本位からではない。息子たちのために、彼らの父親について知る必要があるからだ。

何を知りたいのか、ルビーは自分でもわからなかった。しかし、サンダーがいまの島の支配者だと知って、目を大きく見開いた。ウェブサイトによると、島では〝王〟の称号を持っているものの、サンダーは前任者たちよりも民主的な方法で島を統治することにし、称号も使わないことに決めたという。

サンダーの両親は彼が十八歳のときに飛行機事故で亡くなった。彼の母親のいとこが操縦していたという。ルビーはうっかり送電線に触れしまったかのようなショックに見舞われた。彼もわたしとほとんど同じ年齢で両親を亡くしたのだ。わたしの両親も事故で亡くなった。初めて彼と会ったとき、そのことを知っていたら、何か違っていただろうか？　いいえ、何も変わっていない。

いま、ルビーは二十三歳。サンダーは三十四歳で、あらゆる意味で男性がいちばん力を持っているときだ。敏感になった肌を恋人の舌でくすぐられたように、ルビーの全身に小さな震えが走った。そして、脳裏にはあられもない光景が浮かんだ。サンダーの日に焼けた手がルビーの胸のふくらみを覆い、情熱的な舌が胸の頂のまわりをさまよっている。たちまち小さな震えは耐えられないほどに大きくなった。ルビーは急いで電源を切り、ノートパソコンを閉じた。おさまっていた吐き気がよみがえり、彼女はふらふらとバスルームへ向かった。

6

「あなた方を夫婦とします」

終わった。もうあと戻りはできない。ルビーは心の中で震えていたが、動揺しているところをサンダーに見せるつもりはなかった。

わたしは動揺しているの？　ヴェラ・ウォンのクリーム色のドレスの下で体が小刻みに震えている。着たくなかったウエディングドレスだが、買い物の相談係がほかの服と一緒に入れていたのだ。そのことに気づいたとき、ルビーはなぜか、着なければいけないと思った。とにもかくにも、今日は結婚式という晴れやかな日なのだ。

こらえきれずにまた体が震えた。いったいどうしたの？　わたしはいったい何を期待していたのだろう。感激の涙？　永遠の愛の告白？

ごく平凡な登記所で簡素な式を挙げるあいだ、サンダーは一度もルビーを見なかった。いかにルビーを妻として望んでいないか、これ以上ないほどはっきりと態度で示したのだ。もっとも、ルビーとて彼を夫として望んではいなかった。

サンダーはルビーの左手を見下ろした。サイズはぴったり合うはずなのに、たったいま薬指にはめた指輪はわずかに緩かった。やせすぎのルビーはますますやせたようだ。彼は眉をひそめた。どうしてぼくは彼女の体調を心配しているんだ？

いや、心配などしていない。女性は人を欺くのがうまい。確かにルビーは息子たちにとって最愛の母親であり、そばにいるだけで安心感を得られるかけがえのない存在だ。それは今後もずっと変わらないだろう。ぼくも息子と同じ年ごろには、母親に対して同じような気持ちをいだいていた……。

サンダーの体の中に、苦々しい思いが毒のように広がっていった。

両親が死んだあと、サンダーはよく考えたものだった。父が母の金銭的な要求を二つ返事で聞き入れていたのは、母を愛していたからだろうか、と。父は自分が妻に軽蔑《けいべつ》されていることを知っていたし、母は夫をさげすみながらもその愛情を利用していた。自分は決して父のようにはならない、と十八歳のサンダーは誓った。

なのに、今日ここで結婚式を挙げている。しかも相手は初めから信頼できないとわかっている女性と。あれほどセクシーでなれなれしい態度で誘惑し、自らをぼくに与えた女と。何年もたっているというのに、あのときの彼女の面影を記憶から抹消できずにいる。ルビーと親密な一夜を過ごしたのは実に愚かな過ちだった。二度と同じ過ちを繰り返すつもりはない。

ホテルに戻るタクシーの中でも二人は黙っていた。ルビーはこのあとサンダーが仕事に出かけることを知っていた。ひとりになれば、たったいま結婚式を挙げたという現実と折り合いをつける時間を持てるだろう。

サンダーは三人をホテルの部屋まで送り、子どもたちにキスをしたあと、妻には何も言わずに出かけていった。ルビーは、いとも簡単に彼と結婚しただけでなく、自分のほうから結婚を提案したことを思い出した。

子どもたちはぐったりしていた。ロンドンに滞在しているだけで興奮し、疲れてしまったのだ。少し眠れば回復するだろう。彼女自身の頭痛や胃のむかつきも、和らぐかもしれない。

ルビーはウエディングドレスを脱いで、家から持ってきた部屋着を羽織り、子どもたちをベッドに連れていった。二人が眠ったのを確かめてから、自分の寝室にあるバスルームへ行き、鎮痛剤を出そうとハンドバッグの中を探った。だが、最初に出てきたのはピルだった。ピルを服用するようサンダーに言われていたが、彼の欲望を刺激するようなまねはしたくなかった。彼女は震える手で鎮痛剤を取りだした。ちょっと体を動かすだけで頭痛がひどくなるものの、今回は吐き気がしなかったので、救われた思いだった。

緊張をほぐそうとルビーは風呂に入った。疲れきっていたため、ろくに体を乾かしもせず、寝巻きも着ないで羽毛布団の下に潜りこむと、たちまち眠りに落ちた。

何か差し迫ったような感覚に絶えず悩まされながら、ルビーはなんとか目を開けようとした。目が覚めた理由を知るのに、さほど時間はかからなかった。静けさのせいだ。子どもたちの声が聞こえない。どれくらい眠っていたのだろう？　腕時計に目をやり、子どもたちを寝かしつけてから三時間以上たっていると知って、不安で胃がよじれた。どうして子どもたちはこんなに静かなの？

おののきながら、ルビーは羽毛布団を押しやると、寝る前に外したタオルをつかんで体に巻きつけ、子どもたちの部屋へとはだしで走った。

二人の姿はなかった。恐怖に駆られ、ルビーの心臓が激しく打ちはじめた。

震える足でスイートルームの中を走り、片っ端からドアを開け、子どもたちの名前を呼んだ。外の廊下に通じるドアを開けていないかと、安全ロックも確認した。そのあいだも、何かおぞましいことが起こっているのかもしれないとルビーは考えつづけていた。

子どもの声が響いているはずの部屋が静まり返っている不気味さは、親にしかわからないだろう。なんの物音もしない部屋で、ルビーはへなへなとソファに座りこんだ。

サンダーが子どもたちを連れ去ったに違いない。ほかに説明のしようがない。わたしが寝ているあいだに戻ってきて、いまが好機だと思い、行動に出たのだ。わたしがサンダーと結婚したくないのと同じように、彼も結婚したくなかったのだ。彼が欲しいのはフレディーとハリーだ。そしていま、彼は自分の息子を手に入れたのだ。

もうギリシアに向かう飛行機に乗ったのだろうか？　サンダー自らが統治する島に連れ去られたら最後、わたしは二度と息子たちに会えない。息子たちのパスポートは彼が持っている。法律上、必要だから、とサンダーは言った。そしてルビーは愚かにも彼の言葉を信じてしまった。

ショックと悲しみ、不安、憤り。ルビーはそのすべてを感じた。だがそうした感情より、息子の身を案じる気持ちが勝った。そしてサンダーが息子たちに打撃を与えることをしたかもしれないと思うと、激しい怒りを覚えた。

そのとき、物音がした。スイートルームの入口のドアが開く音に続いて、興奮してしゃべる子どもの聞き慣れた声がした。

フレディーとハリーだわ！

ルビーは立ちあがった。しかし、二人の声が聞きたいと切望する気持ちが生みだした幻聴かもしれない。そう思ったとき、息子たちが部屋に入ってきてルビーのもとへと駆け寄りながら、うれしそうに話しだした。

「お母さんが寝てたから、お父さんがお茶を飲みにカフェへ連れていってくれたんだよ」

子どもたちからは冷たい外気のにおいがした。

ルビーは床に膝をついて子どもたちを抱き寄せ、片時もじっとしていられない小さな体をしっかりと抱きしめた。いまはとても放せそうになかった。二人はルビーの命であり、すべてだった。二人を手放すなど耐えられない。

サンダーが立ったままじっとこちらを見ていることに気づいて、ルビーはなんとか立ちあがった。そのとたんタオルを巻いただけの格好がひどく気になり、寝室に駆けこんだ。タオルをほうり投げ、新しいショーツをつかんで、古いベロアの部屋着を取る。神経が高ぶり、少しでも早く子どもたちのところに戻りたくて、自分がどんな格好か、サンダーがどう思うかなど気にかける余裕もなかった。

サンダーは息子たちを連れ去ってはいなかった。とはいえ、彼がその気になれば子どもたちを連れ去ることができたという事実に、ルビーは気づいた。そして、子どもたちを失えば自分がどんなふうに感じるか、思い知らされた。子どもたちと一緒にいるためには、どんな犠牲も払うし、どんなことでもすると、痛感したのだ。

部屋着のベルトを締める手が激しく震えた。テレビの音が聞こえてくる居間に戻ると、子どもたちはアニメに夢中で、サンダーは小さな机の前でノートパソコンに向かっていた。

ルビーもサンダーも無言だった。しかし、二人のあいだでは緊張と敵意が渦を巻き、互いの様子を探り合っていた。

いつの間にかルビーの頭痛はおさまっていた。けれどそれもつかの間、一時間後に息子たちに本を読んでやり、風呂に入れて寝かしつけたときには、頭痛と同じくらい不快な自責の念に苛《さいな》まれていた。ルビーは子どもたちの寝顔を眺めた。今日はこれまで体験したことのないことが起こった。サンダーが外出先から戻ってきて、子どもたちを連れだしたとき、わたしは眠りこんでいてまったく気づかなかった。こんなことが起こるなんて信じられない。子どもたちの安全に対してどうしてこれほど不注意になれたのだろう？

　子どもたちのそばを離れたくなかった。ひと晩じゅう、そばにいたかった。

　不意に寝室のドアが開き、サンダーが顔をのぞかせた。ルビーは身を硬くし、小声で尋ねた。「何かご用？」

「息子におやすみを言いに来たんだ」

「もう眠っているわ」ルビーは立ちあがり、ドアへと歩いた。部屋を出てドアを閉めようとしたが、サンダーがドアをつかんで、するりと中に入った。見ていると、彼は眠っている子どもたちの顔にキスをした。

　ルビーは自分の寝室へ向かった。しかし部屋に入る前にこらえきれなくなり、振り返ってサンダーに言った。「わたしに何も言わずに子どもたちを連れだす権利はあなたにはないわ」

「子どもたちはぼくの息子だ。ぼくにはあらゆる権利がある。それに、きみに断るという件に関して言えば……きみは寝ていた」

「起こしてくれたらよかったのよ。それくらいできたでしょう。子どもたちの居場所をつねに知っておくのは、母親としてのわたしの権利よ」

「きみの権利？　じゃあ、子どもたちの権利はどうなるんだ？　自分の欲求をあとまわしにできない母親を持った子どもたちの権利はどうなる？　夜になったら男をあさりに出かける女は、昼間はたっぷり寝ておかなければならないんだろうな。ぼくはきみのことを知っている。きみはそういう女なんだ」

　彼のあざけりにうんざりし、ルビーは激しい口調で言い返した。「わたしのことを知っているですって？　あなたは何も知らないわ。いまあなたが思い描いたお粗末で不愉快な筋書きは実際に起こったこともないし、これからも起こりえない。わたしは夜に子どもたちを置いて外出したことは一度もないし、ましてや男をあさりに出かけたためしもない。眠ってしまったのは、具合が悪かったからよ。といっても、あなたは信じないでしょうけれど。本当の話を聞くより、わたしを侮辱する話を作りあげるのにひどくご執心だから」

「きみがどんな女か、ぼくは実際に体験して知っている」

ルビーは顔が燃えるように熱くなった。「あなたはほんのわずかの時間で人を判断するのね、それもわたしが――」

「酔っぱらって何をしているかわからなかったときに?」

人をばかにした侮辱にルビーは耐えられなくなった。何年ものあいだ、自分のしたことに苦しんできた。サンダーにこれ以上苦痛を与えられる筋合いはない。ルビーは憤然としてかぶりを振った。

「愚かで世間知らずだったわたしは、実際は悲惨な体験をしただけなのに、そこからおとぎ話を作ろうとした」怒りのあまり自制心を失い、ルビーは苦々しげに言った。「わざわざわたしを軽蔑することはないわ。あなたのことを特別な人だと勘違いした自分を、わたしはあなた以上に軽蔑しているから」

ルビーは気分が悪くなり、めまいがした。サンダーと共有した思い出が押し寄せ、ルビーの心の壁を乗り越えて鮮やかによみがえった。なんという愚か者だったのだろう。夢中で彼に近づいて、失った安心感を彼の腕の中に求めるなんて。無邪気にも、いちばん親密な方法で彼と結ばれたら安心できるに違いないと思いこんでしまったのだ。

「まるでドラマだな」サンダーがなじった。「そんなのは嘘《うそ》だとわかっている」

「あなたのほうこそ自分を信じることで自分自身を欺いているのよ」ルビーは感情的になって言い返した。

「ぼくが思い違いをしているなどと、よくも非難できたものだ」

サンダーが荒々しい足どりで近づいてきたので、ルビーは自分の寝室へと下がるしかなかった。慌ててあとずさった拍子に、引きずっていた部屋着のベルトを踏んでしまい、着古した部屋着はまたたく間にはだけた。白い胸のふくらみと胸の頂があらわになる。

当人よりも早くそれを目にしたサンダーは、穏やかだが冷笑的な口調で言った。「それこそきみの望んでいることだ。昔と同じルビーだ。いいとも。確かにきみはぼくに対して義務を負っている」

「いや……」

ルビーの絶望的な声が途中で消えた。彼女の口は残酷なほど強い力でサンダーの唇でふさがれた。彼がドアを閉めると、ばたんという音とともにルビーが逃げるチャンスはついえた。

サンダーはキスをしながら、巧みに彼女の部屋着を脱がせた。ほっそりしたルビーの背中が姿見に映っている。彼女の肌は白く輝き、サンダーの家の下に広がる浜辺を思わせた。

彼の意志に反し、古い記憶がよみがえってきた。サンダーが触れるなり、彼女は震え、喜びの声をあげた。そして、そっと愛撫《あいぶ》するだけで興奮し、〝お願い〟と情熱的に懇願した。

甘くて苦い記憶を追い払おうと、サンダーは猛烈な勢いで彼女の唇を割って舌を差し入れた。彼女の甘くセクシーな唇が、もっと甘い秘密の場所を探るようにと彼の舌に誘いかける。だが、ルビーがはいている質素な白いショーツがサンダーの興奮をそいだ。彼女を裸にし、彼女の本性を覆い隠している嘘や欺瞞《ぎまん》をはぎ取りたい。自分が何者かをルビーに認めさせ、ぼくが彼女の本性を知っているところを見せてやろう。サンダーは意を決して両手を細い腰へと滑らせ、ルビーを保護しているショーツを押しのけた。

彼女の体はこれ以上は望めないほど女性として申し分なかった。もう少し体重が増えたら、いっそう完璧《かんぺき》になるだろう。上半身は肩から胴部へ、さらに両手でつかめそうなほどのウエストへと細くなってから、ふっくらした曲線を描き、女らしく盛りあがったヒップへと続いている。脚は長くてほっそりとし、喜びを与えてくれる男性の体に巻きつけるために作られたかのようだ。胸は豊かで柔らかい。その頂は感じやすく、吸うと喜びのあえぎ声が彼女の口からもれたことを、サンダーは思い出した。

ぼくはどうして単なる記憶で自分自身を苦しめているのだろう？　サンダーはいぶかった。ルビーがすぐ目の前に立ち、期待に身を震わせているというのに。

まんまとサンダーの術中にはまり、ルビーは一糸まとわぬ姿をさらしていた。彼と闘い、拒否するべきだとわかっていた。そうしたかった。だが、体は別のことを望んでいた。紛れもなく体はサンダーを求めていた。

腕ききの魔術師が呼び覚ました邪悪な力のように、欲望がルビーの全身に押し寄せ、理性と自尊心を圧倒し、官能を刺激した。まるで異星人にとらわれ、行動を指示されているようだった。まったく自制心が働かない。

サンダーの腕に抱かれると、わたしはまったく違う人間になってしまう。奔放で情熱的で、みだらな女性に。彼に奪われ、彼を奪う女――それがいまのわたし。

ルビーは自分をとらえているものと闘いたいと願

っていた。けれど、いまとなっては服従するしかなかった。サンダーの唇はルビーの唇をすさまじい力でとらえていたが、やがて彼女の喉へと探るようにゆっくりと移動し、見るからに激しく打っている脈の上で止まった。

サンダーにとっては、ルビーの体を見たり手で触れたりするだけでは充分ではなかった。全身で彼女を感じたかった。ルビーは彼のうずきと欲求と衝動の源であり、彼女を征服し、彼女の屈服のあえぎ声を聞くまでは、心が安らぎそうになかった。サンダーが自らの欲望に屈する前に、ルビーが彼を求めて懇願するのを聞きたかった。彼女の中に入って我を忘れる前に。

いまやサンダーはイヴの誘惑と同じくらい古い罠《わな》に落ちてしまった。ルビーだけが紡ぐことのできるシルクでできたような巣にかかってしまった。彼の荒々しい怒りをしずめるには、いま二人をとらえている熱い官能を爆発させるしかなかった。サンダーは、逃れることのできない狂気と激情に取りつかれたも同然だった。

欲望の赴くままサンダーはルビーを抱きあげ、ベッドへと運んだ。彼を見あげているルビーを見つめながら、ベッドに横たえる。それから、引きちぎるようにして服を脱いだ。彼の下腹部はすでに張りつめ、それを見たルビーが反応するのがわかった。

ルビーの目の色が濃くなり、喜びを浮かべて大きく見開かれた。彼女は手を伸ばし、彼の欲望のあかしに触れた。そのなめらかな感触に驚き、魅入られたように指先で撫《な》でる。もはや彼女自身が知っているルビーではなく、二人が共有する欲望の邪悪な力にとらわれたルビーだった。心地よい熱気に呼吸が速くなり、下腹部に熱いうずきが広がっていった。

顔を上げたルビーは、サンダーの目の中に自分と同じ欲求が浮かんでいるのを見た。ルビーは彼の体から手を離した。それを合図にしたかのように、サンダーはルビーの上に倒れこんだ。

サンダーは両手で彼女の胸を包みこみ、熱い唇と舌で胸の頂を愛撫して、彼女が期待していた官能の喜びを与えた。やがてルビーは上体を弓なりに反らし、耐えられないほどの強烈な快感にすすり泣きをもらした。

彼女の下腹部に触れるサンダーの手の感触は、単に迎え入れたいというだけでなく、彼女が切実に必要としているものだった。

以前と同じように、ルビーの体は潤い、サンダーを迎え入れる準備ができていた。つかの間、母親が彼に残した不信感が頭をもたげ、彼の欲望の前に立ちはだかった。しかし、彼はすぐに追い払った。これ以上よけいなことを考えてはいけない。

「ピルは?」

サンダーの問いかけに、ルビーは無言でうなずいた。

彼の日に焼けた肌が汗で光り、興奮した彼の体から放たれるにおいがルビーの興奮をいっそう高めた。彼女の感覚は鋭く、そして強くなり、それをなだめることができるのはサンダーだけだった。六年前、ルビーを怖がらせ、いまもやはり怖がらせたほど、彼女の欲望はとどまるところを知らなかった。サンダーがルビーの中に呼び覚ました欲求は、彼女のすべてを彼に与えるよう要求した。それに比べると、彼がいま口にしたことなど、ささいなことだった。

「ええ、のんだわ」

「誓って?」

「ええ、誓って……」

その声は欲望のせいで震えていた。サンダーもルビーに負けず劣らず、彼女が欲しかった。ルビーに再会したときから、彼女に対する欲望と闘っていた。欲望は、それを否定しようとするサンダーの努力をあざ笑い、炎となって彼を焼き尽くそうとしていた。いまこの瞬間、ほかのことはどうでもよかった。強力な渇望にのみこまれ、屈服するほかなかった。

言葉を交わす必要はなく、二人は一緒にリズムを刻んだ。それは怒りと情熱が生むリズムだった。ルビーの体は彼を喜んで迎え入れ、しっかりと包みこみ、もっと速く深く動くようにと要求した。そしてはるかなる高みへと二人を駆りたてた。

ほどなく強烈なクライマックスがルビーとサンダーに同時に訪れ、彼はルビーの中に自らを解き放った。だが、六年前と違って今回はピルをのんでいたので、ルビーの中に新しい命が芽生える可能性はまずなかった。

二人は闇《やみ》の中で横たわっていた。静かな部屋に不規則な呼吸が響く。

終わった。またたく間に彼女に対する欲望に屈してしまったという事実に思い至ると、サンダーは冷厳な現実を受け入れないわけにはいかなかった。彼はルビーに刺激された欲望を抑えることができなかった。六年前に圧倒されたものに、今回も圧倒されてしまったのだ。それは、彼の自尊心を打ち砕く痛烈な一撃だった。

サンダーは彼女の顔を見ずに淡々と言った。「いまからきみがセックスをする相手はぼくだけだ。いいか？　ほかの男と寝るようなまねをしてぼくに恥をかかせるような妻はいらない。きみがほかの男のベッドに入らないようにするために、きみの旺盛《おうせい》な欲望を満足させるのをぼくの義務としよう」

その言葉が単に体裁を取り繕ったものであることを、サンダーは自覚していた。ルビーがほかの男とベッドをともにすると考えただけで耐えられないし、どんなに自分の弱さをさげすんでも、彼女に対する欲望を抑えることはできそうになかった。

ルビーはサンダーの侮辱に顔が燃えるほど熱くな

った。あなたの腕に抱かれると、自分の身に何が起こったのか理解できなくなるの、と彼に言いたかった。ほかの男性には決してそんなふうにはならないし、これまでベッドをともにした男性はあなただけよ、と言いたかった。だが、サンダーが耳を貸さないことはわかっていた。

自分の部屋に戻ったサンダーは、ルビーに触れたとたん、なぜ彼女を自分のものにしたいという衝動に駆られるのか、解明しようとした。ルビーに対する欲望は、欲望に負けまいという決意よりもはるかに強く、抵抗できなかった。それほどまで欲しいと思ったのは彼女が初めてだった。サンダーはそれを認めるのがいやでたまらなかった。

7

サンダーの資産を考えると、ファーストクラスで島へ飛ぶかもしれないとルビーは思っていた。だが、自家用ジェット機を使い、乗客はルビーたちだけという贅沢《ぜいたく》な旅になるとは想像もしていなかった。

そしていま、子どもたちは数分だけ機長の隣に座るのを許され、客室乗務員の男性に連れられてコックピットへ向かった。クリーム色のソファとオフホワイトの絨毯《じゅうたん》が敷かれた客室にはルビーとサンダーしかいなかった。

「ジェット機を所有するお金があれば、何百もの貧しい家族を養うことができるでしょうね」ルビーは言わずにはいられなかった。

非難がましいルビーの言葉に、サンダーは眉をひそめた。彼の母が〝貧しい家族〟を気にかけたことはない。それだけに、ルビーの言葉を聞いて、サンダーは柔らかな肌を鋭利な刃物で切られたような痛みを感じた。ある意味ではつまらない話だが、どんなに無視しようと思ってもできなかった。

信じられないことに、サンダーは無意識のうちに自分を弁護していた。「ぼく個人が所有しているわけではない。実業家の小さな連合事業体に入っていて、そこが共同で所有しているジェット機だ。必要なときにチャーターできる。貧しい人たちを助けるということに関して言えば、島では誰ひとり飢えないようになっているし、どの子どももそれぞれの能力に応じた教育を受けられる。無料の公共医療サービスや充実した年金制度もある。この二つは父が導入したものだ」

いったいどうしてルビーに弁解する必要があると思ったのだろう？　サンダーは腹立たしげに思った。

ジェット機が島に着いたときにはすでに日が暮れ、滑走路の照明が届かないところは闇《やみ》に染まっていた。ジェット機を降りると、地中海の暖かい夜気に優しく包まれた。しかし、そよ風に吹かれて髪が乱れたとたん、急に不安に駆られたかのようにフレディーとハリーが両側から母親にしがみついた。

四人はカートに乗り、到着ロビーのある建物へと向かった。そこで職員たちとあいさつを交わしたあと、サンダーは三人をリムジンへと案内した。彼は眠たげな子どもたちを抱きあげて車に乗せると、ハリーを膝の上にのせ、空いている手をフレディーにまわした。ルビーはひとりで座ることになった。手持ちぶさたで、衝動的に子どもたちに手を伸ばしそうになったが、ぐっとこらえた。眠りかけているところを、わざわざ起こしたくなかったからだ。

ありがたいことに、もう頭痛と吐き気はおさまっていたが、すっかり回復したわけではなかった。リムジンはまっすぐに伸びた平坦《へいたん》な道路を疾走し、やがて曲がりくねった道へと入っていった。片側には月光に照らされた海が見え、反対側は急な岩壁が迫っていたが、やがて要塞《ようさい》を思わせる町の城壁に変わった。車は城壁の門をくぐり、高い建物を通り過ぎて、狭い通りを抜けた。すると、ルビーがインターネットで見たことのある大きな広場に出た。

「この広場は町の中心で、前方に宮殿がある」サンダーが説明した。

「わたしたちはそこに住むの？」ルビーは心配そうにきいた。

「いや。いまは公式行事のときに使われるだけだ。それと行政の中心として使われている。祖父が亡くなったあと、ぼくは町外れに自分の家を建てた。華やかな仰々しいものは好きではない。ぼくにとっては島民の生活が何より大切だし、父にとってもそうだった。こちらが島民に敬意を払わなければ、島民から敬意を払ってもらえない」

ルビーはサンダーから目をそらした。彼の言葉は称賛に値するものだった。けれど、どうして素直に称賛できるだろう？　肉体的に彼に興奮させられるだけでも厄介なのに、精神的にも彼に引かれたりしたら、ますます困ったことになる。

「町はとても古いのでしょうね？」ルビーは話題を変えた。

「ああ、かなり古い」サンダーは答えた。

いつものことだが、島に戻るたび、サンダーの心は二つに引き裂かれた。島と住民をこよなく愛する気持ちと、子どものころの悲惨な記憶と闘わなければならない苦痛に。

つらい記憶を追い払い、気をそらすために、サンダーは島の歴史をルビーに話して聞かせた。「フェニキア人とエジプト人は、キプロス島と並んで、この島でも交易をおこなっていた。キプロスと同じく、この島にも豊かな銅の鉱床があった。ペルシア戦争では、島の所有を巡り、激しい争奪戦が繰り広げられた。対立する勢力のあいだで結婚による同盟が結ばれ、ようやく戦争は終結した。領土紛争を解決する伝統的な方法だ……」ルビーが小さな声をもらしたのを聞いて、サンダーは言葉を切って彼女のほうを見た。

彼の話におののき、ルビーは言わずにはいられなかった。「無理やり結婚させられた花嫁はさぞ恐ろしい思いをしたでしょうね」

「強制的な結婚を憎むのはきみたち女性の特権ではない」

サンダーの声が大きくなり、フレディーとハリーが同時にぴくりと動いた。ルビーは二人に注意を向けたものの、思わず反論していた。「歴史を振り返れば、いつの時代も、結婚に関しては男性は女性より多くの権利を持っていたわ」

「選択の自由は男女を問わずに大事にされるべきだし、何よりも尊重されなければいけない」サンダーが強い口調で言った。

ルビーは信じられない思いで彼を見た。「よくもそんなことが言えるわね。わたしを無理やり――」

「結婚を言いだしたのはきみだ」サンダーは遮るように指摘した。

「ほかに選択肢がなかったからよ」

「いつだって選択肢はある」

「母親にはないわ。母親はつねに子どものことを優先するものよ」

彼女の口調は確信に満ちていたが、サンダーは信じなかった。嘘《うそ》をつくなと言わんばかりに冷笑的なまなざしを向けると、ルビーの頬が赤くなった。正体もなく眠り、子どもたちを無防備な状態に置いたことを思い出したのだろう。

サンダーは腹立たしい思いでルビーから視線をそらした。息子たちを守りたかったから結婚したのだと言い張り、ぼくを欺いたつもりかもしれないが、彼女の本音はお見通しだ。結婚によってぼくの富をせしめることができると思っているのだろう。ルビーが執着しているもの、それは富だ。

そのとき、心の中で思いがけず彼女を弁護する声がした。万が一離婚することになっても、ルビーはいっさい彼の財産を要求しないという結婚前の取り決めにサインをしたではないか、と。彼女は取り決めを破棄できると思っているのだ、とサンダーは心の声に即座に反論した。するとまた、子どもたちは彼女を愛している、と心の声が指摘した。確かに、ルビーが悪い母親なら、子どもたちが愛情や信頼を寄せたりはしない。実際、サンダーも幼いころは母を愛していた。しかし、母の姿を見ることはめったになかったし、まして一緒に長い時間を過ごした記憶はない。母は、彼が会いたいと願いつづけた、魅惑的だけれどよく知らない人だった。たまに会えば、母を喜ばせたいと思ったが、うっかり高価な服に触れようものならこっぴどく叱《しか》られるので、充分に用心する必要があった。いま屋敷の家事を引き受けているアンナのほうがずっと母親らしかった。サンダーだけでなく、きょうだい全員にとってそうだった。

アンナがサンダーたちと多くの時間をともに過ごしたように、ルビーもほとんどの時間を子どもたちと一緒に過ごす。単に見せかけにすぎないなら、毎日二十四時間、面倒見のいい母親を演じるのは至難の業だ。彼女は金と子どもの両方を愛しているのだろうか？　そんなことがありえるのか？　こんな自問を繰り返す自分に、サンダーはいらだちを覚えた。いったいどうしたというんだ？　彼女がどんな女性かは承知している。なのに、なぜいまになって彼女の美点を探そうとしているのだろう？

ルビーから窓の外の闇へと、サンダーは視線を移した。子どもたちのぬくもりと重みを体に感じていた。母親が何者であれ、ぼくは息子たちを心から愛している。ルビーの中に望ましい点を見つけたいと思うのは息子たちのためだ。彼女はいい母親だと内なる声が言い張るのも息子たちのために違いない。愛情豊かな父親は子どもたちのためによき母親を望むものだ。子どもを気にかけない母親のもとで育つ悲惨さを知っている父親はなおさらだ。

子どもたちがわたしよりサンダーに頼っているように見えるのは気のせいかしら？　ルビーはみじめな思いで窓の外をじっと見つめた。サンダーと話しているあいだに、車は町を抜け、再び片側に海が見える海岸沿いの道を走っていた。先ほどは反対側が急峻《きゅうしゅん》な岩壁だったが、いまは緩やかに起伏する土地が続いている。

サンダーがわたしの人生に戻ってこなければよかったのに。そう思ったところで遅すぎるし、身勝手な願いだとルビーは自覚していた。二人のあいだの沈黙が大きくなり、彼女に対するサンダーの侮蔑《ぶべつ》の念が車内に充満するのを感じて、ルビーはいまも消えない自責の念にとらえられた。あまりにも軽率な行為で息子たちを身ごもってしまったという自責の念が、ルビーをこの島に来させた原因のひとつだった。父と母が亡くなるその日まで、ルビーは愛情深い両親が築いた家庭の中で安全で幸せな子ども時代を送った。息子たちにも同じように幸せな子ども時代を送らせたいという思いと、自責の念に駆られて、この島まで来たのだ。両親の死で安全を奪われたときの苦痛を思い出し、息子たちにはそんな苦痛を味わわせたくないとルビーは強く願った。

サンダーは贅沢な革張りのシートに身を沈め、傍らの闇をじっと見つめていた。サンダーにとって闇は過去の亡霊が住みついている場所だった。祖父が生きていたころは、一家は宮殿に住み、祖父や両親のほうから求めてこなければ、子どもたちはどちらとも話すことができなかった。祖父はサンダーをはじめとする孫たちと距離をおいていたが、定期的に呼びだしては、孫たちの失敗や欠点、ささいないたずらを並べたて、叱責《しっせき》した。

妹や弟は祖父を恐れるだけだったが、一族の海運業を継ぐ長男のサンダーは、祖父に対処する最良の方法は立ち向かうことだとすぐに学んだ。祖父のあざけりやからかいを受け止めることで、サンダーの自尊心は磨きをかけられていった。祖父は自分の力を誇示するためにサンダーをたきつけ、自分の優位を保つためにサンダーの自尊心を平気で傷つけた。

イギリスの寄宿学校とそのあとの大学での生活は、威張り散らす横柄な祖父から離れることができた、安息の期間だった。しかし大学を卒業し、一族の会社で働きだしてから、サンダーと祖父との本格的な衝突が始まった。

祖父にとっては事業と一族を継続させることが何よりも大事だった。息子や孫たちはそのための駒《こま》にすぎなかった。サンダーは、自分の結婚相手として有望な女性相続人たちのさまざまな美点を祖父から聞かされながら成長した。だが、母を通して学んだことに加え、生まれ持った性格や、学生時代に島を離れた経験から、サンダーは心に決めていた。祖父が父に強いたような強制結婚は絶対に断る、と。

祖父がさまざまな手を使い、将来の跡取りの母親にふさわしい女性をサンダーに引き合わせようとするので、二人のあいだで何度も口論が繰り返された。しまいには、祖父の強引なやり方に憤慨し、あなたがやっていることは時間の無駄だ、とサンダーはきっぱりと言った。そして、跡取りなら弟の息子がいるから、自分は絶対に結婚しないと宣言したのだ。

祖父は相続権を取りあげるとサンダーを脅したが、サンダーは、ライバル社で仕事を見つけるから、やれるものならやってみるがいいと言い返した。数週間のあいだは何事もなかった。孫が自分の言いなりにならないことに祖父もようやく気づいたのだろう、とサンダーは思った。ところが、サンダーがマンチエスターの重要な顧客に会いにしばらくイギリスに滞在しようと決めた矢先、祖父のよからぬたくらみを知った。祖父はサンダーの留守を利用し、サンダーが同業者の若い未亡人と近々婚約するという情報をマスコミに流す準備を進めていたのだ。その未亡人には愛人が大勢いるばかりか、深刻な薬物依存症に陥っていることをサンダーは知っていた。だが、祖父にとっては、どちらの欠点もたいした問題ではなかった。

当然のことながら、サンダーは祖父と衝突した。どちらも同じくらい相手に腹を立てていた。祖父は引き下がらなかった。サンダーは祖父が婚約を公表したら、彼も公の場で反論すると警告した。

マンチェスターに到着しても、サンダーの怒りはおさまらず、自分で人生を切り開く決心をいっそう強くした。ギリシアに戻ったら、祖父とのつながりをすべて絶ち、商売がたきとして一から始めるつもりだった。

そんなとき、サンダーはルビーと出会った。いまも当時の彼女の姿が目に浮かぶ。こみ合ったクラブの反対側のテーブルから物欲しそうに彼をじっと見つめていた。ブロンドの髪をわざとくしゃくしゃにし、グロスを塗った唇をこれ見よがしに突きだして。短いスカートからはほっそりした脚をのぞかせ、細いウエストが見えるように体にぴったりのシャツをスカートにたくしこんでいた。シャツの襟もとから見え隠れする胸のふくらみは実に悩ましく、要するに、簡単に手に入れられる何十人もの若い女性たちと変わりはなかった。そのクラブは評判の悪いサッカー選手やその取り巻きたちがよく姿を見せることで知られていた。

サンダーがクラブにいたのは、彼が提案した新しい事業に興味を示す企業人を紹介してくれる人物に知人を介して会うためだった。クラブにいるあいだに友人から電話があり、軽率なまねはしないようにと熱心に忠告した。何が起きているのか、サンダーはすぐに理解した。祖父が孫の計画をかぎつけ、手をまわした結果、裏切り者が出たのだ。祖父と、そして自分を裏切った者たちをサンダーは憎悪した。怒りが血管の中で爆発し、溶岩のように体じゅうをうねって、危険なものを全身にまき散らしはじめた。

そんなとき、ルビーが現れ、彼の怒りをしずめる格好の生け贄《いにえ》となった。彼女はサンダーのどんな目的にも進んで利用されたがっているように見えた。

サンダーがいつまでも皮肉な視線を向けていると、ルビーのほうから近づいてきた。彼女の息はウオッカのにおいがし、肌は石鹸《せっけん》の香りがした。そのことに気づいたとき、一瞬、自制心が働いた。周囲にいるほかの若い女性が発散する安っぽいにおいとは違っていたからだ。飲み物をおごろうと言うと、ルビーは首を横に振り、飢えたようなまなざしであからさまに彼を見つめた。彼女の自尊心の欠如に、サンダーはいっそう怒りの炎を燃えたたせた。彼女のような若い女性が、どうして頭ではなく体を使って楽をしようとするのだろうといぶかった。なぜ金持ちの男の女友だちになるために、いとも簡単に体を与えるんだ?

彼の人生には〝女友だち〟のための場所はなかった。しかしあのときは、彼女の体を利用することで自分の中に巣くう怒りや緊張を大いに和らげられるに違いないと気づいた。彼はグラスに手を伸ばし、一気に飲み干した。その夜の何杯目かの酒だった。

それからルビーのほうに顔を向け、そっけない口調で言った。〝行こう〟

私道に入るところで車が揺れ、子どもたちが目を覚ました。

「もう着いたの？」

ハリーの声がサンダーを過去から現在へと引き戻した。

「もうすぐだよ」

サンダーがそう答えたとき、車が急に曲がり、ルビーは革のシートの上を滑ってドアに頭をぶつけそうになった。息子たちは、サンダーの腕にしっかりと抱かれていて無事だった。サンダーは息子たちを愛しているけれど、わたしのことは愛していないのだ、とルビーは思った。

不意にルビーは苦痛を覚えた。まさか自分の息子に嫉妬《しっと》しているわけではないでしょう？　もちろん違う。どんなことがあってもサンダーの腕に抱かれたくはない。彼女は腹立たしげに思った。

車は凝った装飾の錬鉄の門を通り、まっすぐに伸びた長い私道を走った。両側には糸杉の並木と地面に設置された照明が見えた。

私道の突き当たりに砂利を敷いた長方形の地所があり、その向こうに屋敷があった。洗練された現代的な建物で、控えめな照明を浴びて輝いていた。

「家政婦のアンナがきみと子どもたちに必要なものをすべて用意する。アンナと、それに車を運転してくれている彼女の夫のゲオルギウが屋敷と庭を管理している。二人の家は屋敷とは別になっていて、駐車場の向こうにある」サンダーがルビーに話しているあいだに、車は砂利の上で止まった。

すぐに玄関のドアが開き、体格のいい長身の女性が現れた。黒い髪に白髪がまじり、穏やかな顔をしている。

子どもたちが反射的にサンダーの手を取って女性

のほうへ歩いていくのを見て、ルビーは胸を締めつけられた。サンダーを迎える女性の笑みには愛情と喜びがあふれている。彼が同じように愛情をこめて女性を抱きしめるのを、ルビーは驚きの目で見つめた。それはルビーが予期していた光景ではなかった。アンナに違いないその女性は、サンダーにとってただ単に家事を引き受けているだけの家政婦ではなさそうだった。

女性は身をかがめてフレディーとハリーを迎えようとした。サンダーにしたように抱きしめて子どもたちを圧倒するのではなく、子どもたちのほうから彼女に近づくのを待っていた。

サンダーが子どもたちの背中を軽く押して言った。

「アンナだよ。ぼくが子どものころ、面倒を見てもらったんだ。今度はきみたちの面倒を見てくれる」

すぐさまルビーの母性本能が頭をもたげた。わたしの息子は誰にも面倒を見てもらわなくていい。息子にはわたしがついている。ルビーは前に進み出て、フレディーとハリーの双方の肩に手を添えた。だがすぐに緊張は解けた。アンナがルビーの行動を挑戦や警告としてではなく、好ましいものとして受け入れて、温かい笑みを見せたからだ。

サンダーがルビーを妻として紹介したときのアンナの表情からして、アンナはルビーたちが来るのを予期していたようだった。サンダーは子どもたちのことを家族や知人にどう説明したのだろう？　突然、息子たちの父親になったことや、わたしのことをどう説明したのかしら？　ルビーにはわからなかったが、アンナが子どもたちをサンダーの息子として歓迎していることだけはわかった。アンナが息子たちをかわいがり、甘やかして、しまいには子どもたちの言いなりになるのは目に見えていた。

「アンナが屋敷の中を案内し、きみと子どもたちに何か食べるものを用意してくれる」サンダーがルビーに言った。

彼がアンナにギリシア語で何か話すと、アンナは顔を輝かせて熱心にうなずいた。そのあとサンダーは玄関ホールの白い石灰岩の床を横切り、白い壁に取りつけられた黒っぽい木製のドアから姿を消した。

この気持ちは何かしら？　もしかして喪失感？　ルビーは自問した。サンダーがいなければ小さな家族は完全ではないから、すぐに戻ってきてほしいという思いだろうか？　彼がいないと、わたしは完全ではないから？

危険な考えを否定するかのように、ルビーは身を硬くした。その考えはいつまでも頭の中をぐるぐるまわっていた。そして、サンダーに初めて会ったあと、愚かにも彼が自分に関心を寄せているのではないかと期待したために苦しんだことを思い出した。

8

「まずお部屋に案内しましょう」アンナがルビーに言った。「それからお茶にしたあと、お屋敷のほかの部屋をお見せしますね」

アンナには温かい母親のような優しさがあった。子どもたちをあいだに挟んで大理石の階段を一緒に上がっているうちに、ルビーが最初に抱いた敵意は消えていった。

階段の上に着き、幅の広い長い廊下がまっすぐに伸びているのを見るや、子どもたちは期待するように母親を見やった。

ルビーは首を横に振った。「だめよ、家の中で走るのは」

だが、アンナはルビーににこやかにほほ笑みかけて言った。「ここはもう息子さんたちの家なんです。だから、あなたが許可されるなら、走ってもかまわないんですよ」

ルビーはアンナにうなずき、フレディーとハリーに向かって言った。「いいわよ」幼い子どもはストレスを発散する必要があるとアンナが理解を示してくれたことがうれしく、ルビーはアンナとともに廊下を走っていく子どもたちを見守った。

「お二人を見ていると、同じ年のころのサンダーぼっちゃまを見ているようです。ただ……」アンナは言葉を切った。笑みが消えている。

ルビーは大事な息子が批判されるのではないかと神経質になって身構えた。

アンナはルビーの胸中を察したかのように、ルビーの腕を軽くたたいて続けた。「ただ、あなたはいいお母さんです。誰が見てもわかります。あなたの優しさと愛情はお子さんたちの笑顔に表れています。サンダーのお母さんは違いました。奥さまにとって子育ては不愉快な義務でしかなかったのです。三人のお子さまはみんな、とりわけサンダーは、母親に愛情や慰めを求めることはできないと早くから悟っていらっしゃいました」

淡々と話すアンナの言葉を聞いていると、ルビーの頭の中に決して見たくないものが浮かんだ。それは幼いころの傷つきやすいサンダーの姿だった。母親に愛してもらえず、目に悲しみの色を浮かべて、ひとりで立っているサンダー……。

子どもたちが走って戻ってきたのを機に、アンナはサンダーの子ども時代の話をやめた。そしてほどなく、寝室とベッドをサンダーと共有するとわかると、子ども時代の彼に対するルビーの同情もわきへ押しやられた。

どうしてこれほど神経質になり、不安を覚えるのだろう？　アンナと一緒に息子たちを寝かせたあと、キッチンで紅茶を飲みながら、ルビーは自問した。すでにサンダーは二人の結婚生活には体の関係が含まれることをはっきりさせていた。ルビーが彼を求めていることは彼も知っている。そのことで彼女はすでに屈辱に耐えていた。ほかに何を恐れることがあるだろう？

感情面の弱みがある、とルビーは自答した。すでにサンダーに対して性的に引かれているという弱みを持っている。それだけでも危険だった。そのうえ彼に惹《ひ》かれて感情面でも彼に依存するようになるのだろうか？

どうしてそんなことを考えるの？　ルビーは自らを戒めた。少なくとも感情面ではサンダーに何も感じていないでしょう？

二階に行って息子たちが眠っているかどうか確かめたいからとアンナに言い、ルビーはキッチンを出た。新しい家で目を覚ましたときに、そばにいてやりたかった。

息子たちの寝室は、ルビーがサンダーと共有することになる寝室と同じように中庭《パティオ》に面し、窓の向こうにはどこまでも続く海が広がっていた。しかしサンダーの寝室にはガラスのドアがあり、プールを囲むパティオに出られるようになっていたが、子どもたちの部屋には窓があるだけだった。安全な造りにルビーはほっとした。寝室のガラスのドアにプール、それに二人の冒険好きの五歳の子どもとくれば、どんな母親でも心配になる。

子どもたちは向かい合ってぐっすり眠っていた。ルビーの胸は愛情でいっぱいになった。けれど二人にキスをしようと身をかがめたとき、ルビーの目に見えたのは息子たちと同じ黒い目を持った少年だった。その目には苦痛と怒りに満ちた自尊心で陰っている。まさしくサンダーの目だ。大人になったいまも、ルビーを見るときの彼の目には怒りに満ちた自尊心が浮かんでいる。それに苦痛も？　ルビーは眉をひそめた。これまでサンダーが苦痛の表情を見せるなど考えたこともなかった。しかし子どもというものは、成長の過程で環境に影響されるものだ。ルビーは心からそう信じていた。さもなければ、サンダーに息子たちの人生の一部になってほしいと思わなかっただろう。

サンダーの苦痛はどこから来ているのかしら？彼の心の奥深くに埋もれているのだろうか？　子どもにとっていちばんつらい傷は母親に愛されないことなのかもしれない。

ルビーはあれこれ考えながら、息子たちの部屋をあとにした。疲れ果て、眠りたかった。不意に心臓が不規則に打ちはじめた。本当に眠りたいの？　それとも、サンダーとベッドをともにしたいの？

屋敷には至るところに美しい装飾が施されていた。アンナが見せてくれた客用のスイートルームは洗練された現代的な部屋で、ルビーはできるならそこで寝たかった。すっきりした家具のラインは紗《しゃ》のカーテンで和らげられ、部屋は涼しげな白と茶色がかった灰色で統一されている。壁を飾っている美術品の地中海を思わせる青や緑が彩りに変化をつけていた。

ルビーは子どもたちの部屋からサンダーと共有する寝室に向かった。もう一度大きなベッドを見たいからでも、二人がそこで共有する体験を想像したいからでもない。荷をほどく必要があるからだ、と彼女は自分に言い聞かせた。寝室のドアを開けたとき、先ほどまであったスーツケースが消えていた。隣のバスルームのドアの隙間《すきま》からは男性用石鹸《せっけん》の柑橘系《かんきつけい》の香りが漂い、シャワーの音が聞こえた。

サンダーがスーツケースを片づけたのかしら？　わたしとは同じ部屋を使いたくないとアンナに言ったのだろうか？　ルビーはほっとすると同時に、妻としての地位を守りたいという衝動に駆られた。アンナとはいえ、サンダーが妻を拒否しているとほかの女性に思われたくなかった。あまりに恥ずかしい。静かな夜に、抑えようのない渇望を満たしてと夫を求めて大きな声を出すより恥ずかしいことだろうか？

ルビーがそわそわと重心を右足から左足へと移したとき、バスルームのドアが開き、サンダーが寝室に入ってきた。

腰にタオルを巻いただけの体はまだ濡《ぬ》れていた。タオルの白さが日に焼けたたくましい男性のV字形の上半身を際立たせている。肩幅は広く、筋肉質の胸から平らな腹部へと細くなっていく。濡れてつややかな胸毛が男らしさをさらに強調し、ルビーに官能の魔法をかけた。

ルビーは視線をそらしたかった。彼を見るだけで欲望を感じたくなかった。体を焼き尽くすような欲望にいとも簡単に圧倒されたくもなかった。だが自制心は死んだも同然で、彼に対する欲望は募るばかりだった。

ルビーは困惑した。この六年間、男性とベッドをともにしたいなどと一度も思わなかった。それがいま、サンダーの姿を目にするだけで、なじみのない欲望にとらわれ、全身が熱くなっている。体の奥深くでは興奮の炎がゆらめいていた。

困惑しているのはサンダーも同じだった。ぼくがルビーを欲しいと思うのは彼女のせいだ。彼は自分にそう言い聞かせた。ルビーを自分のものにしたいという激しい欲求を抑えることができないのは彼女のせいだ。これほどのうずきを、取りつかれたような苦しい衝動を感じるのは、彼女が飢えたような熱いまなざしでぼくを見ているからだ。とても自分とは思えない感覚が体の中に生じている。

ルビーも彼の欲望を感じ取っていた。互いの欲望がひとつになり、激しい嵐《あらし》や竜巻のように二人をのみこんでしまいそうな気がして、ルビーは恐怖に駆られた。こんな事態は望んでいない。恥ずかしい思いをし、ますます自分が弱くなるだけだ。ルビーはサンダーの体から視線を引きはがし、やみくもにドアに向かって走った。だが、サンダーの動きは彼女以上に速く、ルビーより先にドアに着いた。彼女は猛烈な勢いでサンダーにぶつかった。

自分自身に、サンダーに、そして激しい自身の欲望に怒りを覚え、ルビーの目に涙があふれた。両手を握りしめ、こぶしで彼の胸をたたくと、サンダーが彼女の手首をつかんだ。

「こんなふうに感じたくない」ルビーは苦しげに叫んだ。

「だが、きみは感じている。ぼくを求めている」サンダーはルビーが否定する前に、彼女の口にがむしゃらに唇を押し当てた。

ルビーの味がサンダーの渇望を解き放った。彼女の柔らかな唇、口からもれるあえぎ声、彼にもたれかかって震える体が、サンダーを追いつめた。まるでルビーの欲望を支配して満足させるために自分が生まれてきたように感じる。ほかには何も存在しないし、どうでもいいと思えた。

ルビーの声が、喜びに震えるしぐさが、彼が触れるたびに敏感に反応する体が、サンダーの達成すべき目標であり、男らしさを試す試金石となった。目標が達成されたとき、ぼくはルビーが望むただひとりの男となり、ぼくだけがルビーを満足させられる男となるだろう。彼女のシルクのような白い肌は、繰り返し触れたいとぼくに思わせる。

サンダーの手はすでにルビーの胸の形や感触を知っていたが、知れば知るほど柔らかな胸の重みをさらに感じたくなった。そして、体じゅうに触れ、ルビーが彼のもたらす喜びを拒否しようと闘いながらも、最後には屈する姿を見たかった。ほっそりとした脚を開かせ、腿が震えるのを感じ、彼女の唇から小さなうめき声がもれるのを聞きたかった。ルビーが腿を開くまいとしながらも、やがて熱心に彼を迎えるさまを眺めたかった。サンダーは彼女の秘めやかな部分の柔らかさと美しさが好きだった。彼の愛《あい》撫《ぶ》に潤うさまがいとしくてたまらなかった。

突然、ルビーがショックを受けたように抵抗の叫び声をあげた。そこに切実な響きがまじっているのを聞くと、サンダーは欲望に屈し、体をずらして彼女の下腹部に顔を寄せた。腿の内側の柔肌にキスをし、秘めやかな部分を舌先でなぞりながら、熟練した手管で愛撫を続けた。

ルビーの全身に喜びの波が次から次へと押し寄せた。泳ぎが苦手な人間が波にさらわれて背の立たない深みへと押し流されるようだった。舌先で最も敏感な場所を撫《な》でられるたびにさらなる深みへと連れていかれ、やがて喜びに圧倒されて、サンダーの舌のリズム以外は何もわからなくなった。そしてついに彼が紡ぎだす快感に身も心も圧倒され、喜びの海でおぼれた。

しばらくしてから、自らの興奮のあかしでルビーを貫くと、サンダーは彼女の欲望に再び火がつくのを感じた。ルビーの体が一緒にリズムを刻み、彼を絶頂へと駆りたてていく。自らを解き放つ喜びの叫び声をあげる前に、サンダーは一瞬、これ以上ないほどはっきりと悟った。いまぼくはルビーを欲望の網の中にとらえているかもしれないが、同時にぼく自身がルビーに対する欲望にからめ取られている、と。

9

ルビーは蔦《つた》に覆われた日陰棚《パーゴラ》の下で双子の息子たちがはしゃぐ姿を見ていた。彼らはサンダーが目を配っているプールで水しぶきをあげている。ルビーたちがテオポリス島に来てから早くも六週間が過ぎた。フレディーもハリーも島の生活をとても気に入り、そしてサンダーを慕っていた。

サンダーがすばらしい父親であることは、ルビーも認めないわけにはいかなかった。時間を割き、世話をするだけでなく、何よりも子どもたちを愛していた。

ルビーは家のほうをちらりと見た。もうすぐアンナが昼食を持ってきてくれるだろう。そう思った瞬間、刺すような絶望の痛みが冷たい汗となって背筋を伝い落ちた。

けさ、いよいよルビーは妊娠の可能性と向き合わなければならなくなった。ここしばらく朝食をとれない日が続き、午後になると倦怠感《けんたいかん》に悩まされた。胸も少しふくらんできた。どれもほかに原因を求めることはできるが、これらの自覚症状に加え、あるはずの生理がまだなかった。

本当に妊娠したのだろうか？　心臓が跳ね、気分が悪くなりそうだった。これ以上子どもはいらないとサンダーは断言し、ピルをのむように求めた。のみ忘れたことは一度しかなかったが、双子の息子たちを妊娠したときとまったく同じ兆候が表れている。きっとサンダーは怒るだろう。それもかんかんに。でも、彼に何ができるというの？　わたしは彼の妻だ。二人は結婚し、妻が身ごもったというにすぎない。彼が望まない子どもを。

ルビーは不安のあまり吐き気を催し、喉がつかえて、額には脂汗が浮かんだ。アンナはもう気づいているかしら？　アンナは天使のように優しく、子どもたちにとてもよくしてくれる。まるで祖母のようだ。サンダーや彼の妹や弟を母親のように育ててきたアンナは、妊娠に気づいているようで、ルビーの体調がすぐれないときは、子どもたちの面倒を進んで引き受けてくれる。疲れて吐き気がするのは暑い島に引っ越してきたからだとルビーが説明すると、アンナはわかっていると言わんばかりに軽く肩をたたいた。

サンダーが子どもたちをプールから上げた。アンナが昼食を持ってきたのだ。

ルビーは急いで不安をわきへ押しやった。

サンダーはこれまでも必要なときには家で仕事をしていたが、ルビーと子どもたちを島に連れてきてからは、家で仕事をすることが多くなった。そのほうがいいと思うようになったのは、なんといっても息子たちと一緒にいられるからだ。それとも、ルビーと一緒にいることができるからだろうか？

ばかばかしい。ばかばかしくて答える気にもなれない。

その日の午後、サンダーはパソコンと向かい合った。だが、返事をしないといけないメールになかなか集中できなかった。ルビーのことを考えているからだろうか？　だとしたら、アンナと話をしたせいだ。ルビーがどんなにいい母親か、アンナが力説したのだ。

〝いいお母さんだし、すばらしい奥さまですよ〟アンナは言った。〝あなたはとても幸運な方です〟

アンナには人を見る目がある。サンダーの母に対して決して好意をいだかなかったし、祖父の癇癪《かんしやく》から孫たちを守ってくれた。サンダーが知っている唯一の愛情は、アンナが与えてくれたものだった。家庭的で誠実な彼女が、彼の母親と同じタイプに違いないルビーを気に入り、認めていた。

サンダーは眉をひそめた。もしかするとアンナにはぼくの母親とそっくりなルビーの本性が見えないのかもしれない。とはいえ、ぼくも息子たちと一緒にいるルビーを毎日見ている。ルビーが子どもを守る愛情深い母親であることは認めないわけにはいかない。彼女は母親として息子たちに惜しげもなく愛情を与えている。惜しげもなく彼女自身をぼくに与えるように。

いったい何を考えているんだ？　サンダーは自らをなじった。そんなことを信じるなんて、愚かにもほどがある。だが、信じたいという気持ちもどこかにあるんじゃないか？　いや、そんなことはない。ルビーがぼくに何か与えるなど、ありえない。そんなふうに考えるのは弱い男か愚か者だけだ。ぼくはそのどちらでもない。けれど、ルビーを求めずにいられないのは、数ある男の弱さの中でも最悪のものではないのか？

否定しようとしても、ルビーのことを忘れられないというのが本当のところではないのか？

出会って以来、ルビーの思い出は皮膚に刺さった刺《とげ》のようにサンダーの心の中に残っていた。あまりにも深いところにあるので、簡単に取ることもできず、不用意に動こうものなら、痛みがよみがえってその存在を意識させた。

ぼくは祖父と口論したあとのやり場のない怒りを解消するために、ルビーを奪い、利用したのだ。そして、ルビーのほうから誘ってきたのだから、ぼくの行為は許される、と自分に言い聞かせてきた。いまでも祖父の興奮した怒鳴り声が頭にこびりつき、激しい怒りに任せて机をたたくこぶしが見える。

サンダーはパソコン用の椅子に座ったまま落ち着

きなく体を動かした。祖父との最後の口論と、そのあとの出来事を思い出してしまったことを悔やんでも、あとの祭りだった。いまや過去は彼の現在に侵入し、頭の中は思い出したくない記憶で満たされていた。

サンダーはいま、六年前のマンチェスターのホテルに戻り、彼の傍らで体を丸めて寝ているルビーを見ていた。

夜明けの灰色がかった光の中で、サンダーの携帯電話が鳴りだした。彼がベッドを出ようとすると、ルビーは眠ったまま不満げな声をもらしたが、目を覚ますことはなかった。

電話はアンナからだった。ショックに満ちた声がサンダーの耳を打った。祖父がオフィスで倒れているのを発見し、いま病院へ向かっているところだという。

サンダーはこれ以上ないほどすばやく動き、ルビーを起こして、彼のベッドから、部屋から、ホテルから出ていってほしいとぶっきらぼうに言った。アンナの電話がもたらした罪悪感と怒りを追い払うために、ルビーを邪険に扱ったのだ。

ルビーはショックを受け、わけがわからないという顔をした。ベッドでもう数時間過ごしたいというより、もっと別のことを期待していたのだろう。やがてルビーの目に涙があふれ、彼にしがみつこうとした。サンダーはルビーがルールを破るような行動に出たことにいらだち、彼女を突き放すと、ジャケットのポケットから財布を抜き、五十ポンド紙幣を数枚取りだした。ルビーはかぶりを振りながらあとずさり、ドラマのヒロインのように振る舞った。サンダーのいらだちはいっそう募った。ルビーはサンダーが子猫を踏みつけたとでもいうような目で彼を見ている。彼女のサービスに対して気前のいい料金を払わなかったからだろう、と彼は思った。

〝服を着るんだ。その格好でホテルの人間に追い払われたくなかったら〟サンダーの冷淡な物言いは効果てきめんだった。

サンダーはルビーをロビーまで連れていき、ホテルを出ると、タクシー乗り場まで一緒に行った。そして運よく待機していたタクシーに乗せてから、帰宅する準備にかかった。

祖父はサンダーが病院に着いた数分後に二度目の心臓発作に見舞われ、息を引き取った。

サンダーは、祖父が倒れる直前までオフィスで書いていたと思われる書類を見つけた。サンダーがまもなく婚約を発表するだろうという、マスコミに向けた予告原稿だった。その瞬間、サンダーの罪悪感は跡形もなく消え去った。しかし、怒りは残った。

とはいえ、いまだに祖父の死を悲しんでいる。それは、いまルビーのことで彼をむしばんでいるのと同じ弱さだった。それは彼の本質に根ざし、変えたいと思っても、決してできないものだった。

祖父の死後も、独身を通すという誓いをサンダーが改めることはなかった。

あのとき、運命の女神はきっと彼を笑っていたことだろう。彼の運命の種はすでにまかれ、根を張っていたのだから。

気を取り直してパソコンに注意を向けたものの、無駄だった。ルビーと会ったあの運命の夜を封じこめた扉をいったん開けてしまうと、もはや閉じるのは不可能だった。

黒っぽい家具をしつらえたホテルの寝室は暗く、静かだった。厚手のカーテンが外の騒音を遮り、それだけにルビーの不規則な呼吸がはっきりと聞こえた。浅く小さな呼吸をするたびに、襟ぐりの深い、体を締めつけるようなシャツの下で胸のふくらみが上下した。フロアスタンドの光が胸の頂をくっきりと浮かびあがらせている。サンダーに見られているとわかると、彼女は両手で胸を覆った。

その単純な動作にどれほど怒りをかきたてられたか、サンダーは鮮やかに覚えていた。拒否するかのような態度が祖父の態度と重なってサンダーを激怒させた。その日、祖父と交わした激しい口論はまだ記憶に生々しく残っていた。二つの怒りがひとつになり、怒りの激しさが二倍になって、ルビーを自分のものにしたいという、抑えきれないほど凶暴な欲求がこみあげた。

サンダーはルビーに近寄り、彼女の手を引きはがした。なすすべもなくルビーは小刻みに体を震わせた。一瞬サンダーはためらい、体の中に流れる激しい怒りをしずめようと試みた。それとも、試みたと思いたいだけだろうか？ 頭の中に浮かんだのは、感情を抑えることができず、自制心を揺さぶられた男の姿だった。それが自分以外の男なら、彼はあからさまに嫌悪するところだった。


だが、ルビーはサンダーから離れるどころか、彼に身を寄せた。もはやサンダーにためらいはなかった。シャツと一緒にブラジャーを取り、彼女の胸をあらわにした。欲望というより怒りから生まれた反射的な行為だった。しかし、あらわになった完璧《かんぺき》な形の胸を目にすると、怒りは強烈な欲望に取って代わられた。これ見よがしにとがる官能的な胸の頂に触れ、愛撫《あいぶ》し、所有したいと思った。

同じ考えと同じ欲望をいだいたかのごとく、サンダーとルビーは同時に大きく息を吸った。欲望のせいで二人を包む空気が極度に張りつめたとき、ルビーの喉の奥から小さな声がもれた。それが合図となってサンダーの自制心は音をたてて切れた。彼はルビーの体に手を伸ばした。言葉はいらなかった。彼女の体が震えるのを腕に感じながら、サンダーはキスをし、閉じられたままの唇の輪郭をなぞった。ぼくを苦しめるためにわざと口を閉じているのだ、と彼は思った。ゲームを続けたければ、続けるがいい。サンダーは彼女の口を強引に開かせるようなまねはせず、わざと軽くそっけないキスを繰り返した。すると、ルビーは彼のうなじに手を伸ばし、髪に手を絡ませながら、彼の口に向かって抗議するかのようにすすり泣きをもらした。

サンダーは目を閉じ、それからまた開けた。あのとき彼をとらえた勝利の興奮と、それに伴ってわき起こった情熱を思い出す。それはルビーと出会う以前にも以降にも経験したことのない感覚だったが、祖父に対する怒りから生まれたもので、それ以外の何ものでもないとサンダーは自分に言い聞かせた。断じてルビーのみがぼくに与えることができる特別な影響ではない。

サンダーは腹立たしげに椅子の上で体を動かした。どんな女性もぼくにあれほどの影響を与える力は持っていない。そんなふうに決めつけるのは、あんなにも強い欲望で女性を求めたりしたら、自分の身がどうなるか不安に駆られたせいだろうか？

こんなことを考えるくらいなら、過去に戻るほうがましだ、とサンダーは思った。

キスをしているうちに、ルビーが胸のふくらみを押しつけてくるのを感じた。サンダーは二人のあいだに両手を滑らせ、彼女を少し離して、柔らかい胸の重みを両手で受けた。その瞬間を思い出すだけで興奮がよみがえり、抑えられないほどの官能的な力となって全身をこわばらせた。硬くなった胸の頂を舌先で触れ、彼の優しい愛撫に彼女が震えるのを感じるだけでは充分ではなかった。サンダーはとがった頂を口に含み、そっと噛《か》んで彼女の感覚を高めていった。

ルビーの叫び声を聞くや、サンダーは彼女のスカートをすばやく脱がせた。思いがけないほどまともな白いショーツの中に両手を滑らせ、柔らかなヒップをつかんだ。怒りに刺激された高まりが硬く張りつめると、サンダーはルビーをベッドに抱きあげ、濃い紫色の口紅を塗った彼女の柔らかな唇を奪いながら、服を脱いでいった。祖父に対する不満と憤りに駆りたてられたサンダーは、自分の下になった女性のことなどまったく気にかけていなかった。ただし、女性の中で怒りが和らげられることだけはわかっていた。

激しく唇を奪われているあいだ、ルビーはずっと彼を抱きしめていた。サンダーが一糸まとわぬ姿になると、彼女は彼の肩に顔をうずめ、恥じらうふりをした。サンダーの体を見ようとせず、触れようともしなかった。だが、サンダーは駆け引きには興味がなかった。彼にとってルビーは目的を達するための手段にすぎなかった。ただし、ルビーに触れられたことに関しては……。

ルビーに触れられると自分がどんな状態になるか、はっきりと思い出し、サンダーの筋肉がこわばった。彼の体はもう待てなかった。それ以上の興奮も刺激も必要ではなかった。そんな状態になるのは、あの夜までサンダーにとってはありえないことだった。あれほど早く絶頂へと追いこまれたのは初めてだった。

そんな状況に追いこんだ女性も初めてだったんじゃないか？　サンダーは険しい顔をしていやな質問を追い払おうとした。これ以上、過去を振り返りたくなかった。しかし、ノートパソコンを引き寄せ、メールに目を通しても、まだ集中することができなかった。気持ちが乗らず、意識が過去に向いてしまう。再び以前のルビーの面影がサンダーの脳裏に浮かびあがり、いつの間にかサンダーはマンチェスターのホテルの部屋に戻っていた。彼は目を閉じ、思い出に屈した。

ほの暗い光の中に、ルビーの体は雪花石膏《せっこう》のように白く浮かんでいた。肌は美しく、体はとても繊細で女らしかった。サンダーはショーツをすばやくはぎ取った。それから顔のまわりのほつれ髪に目を留め、彼女の髪が生まれついてのブロンドだと知って驚いた。どういうわけか、ブロンドの髪が生まれながらのものだという事実は、体に張りついた服と厚化粧で作りあげた顔のイメージとはそぐわなかった。ルビーは彼の顔を見て、すぐさま目をそらした。次いで彼女の視線は彼の体に注がれ、またすぐにそれた。そのあいだ、彼女の顔は赤くなったり青くなったりした。

　ブロンドの髪がルビーに対する彼の評価と相入れないものだったとしても、いかにも不安げに震える声を聞くと、サンダーは軽蔑《けいべつ》以外の何ものも感じなかった。

〝なんて雄々しいのかしら〟そう言ってルビーは彼の下腹部から視線をそらした。

　この女性は、ぼくがこの手の称賛にだまされるほど愚かでうぬぼれが強いと本気で思っているのだろうか？　サンダーは彼女の脚を両手で開かせながら、自分が愚かでうぬぼれが強い男ではないとルビーにはっきりとわからせた。

〝だが、ほかの男たちほどではないだろう？〟

　ルビーはあえぐような声で何か言ったが、サンダーはもう聞いてはいなかった。彼女の脚の付け根を探るのに夢中になっていた。指先で愛撫しているうちに、ルビーもそれに合わせて動きはじめ、興奮が高まるにつれて低いうめき声をあげた。

　彼女が興奮しているのは見せかけにすぎない。サンダーは自分にそう言い聞かせたが、思いがけないことに彼の体は彼女の興奮が本物だとでもいうような反応を示した。サンダーはいまにも果てそうになり、慎重に彼女の中に入っていった。その瞬間、ルビーは身をこわばらせ、目を大きく見開いた。その目に偽りの涙を浮かべ、彼を所有したいと言わんばかりに、彼を強く締めつけた。ルビーが抵抗を示すほど、サンダーはベルベットに包まれる喜びを求めて、ますます深く貫こうとした。彼は自分を抑えることができず、またたく間にのぼりつめた。サンダーがルビーの中で自らを解き放っているあいだも、彼女の体はいっそう強く彼を締めつけた。

サンダーは意識を無理やり現在に戻した。ルビーとの出来事は彼の人生におけるひとつのエピソードでもないし、彼の人間性を語るものでもない。なのに記憶から締めだそうとしたのは、激しい嫌悪を覚えたからだ。ルビーとの思い出は何か腐ったもののように、無視することも覆い隠すこともできないひどいにおいを放っていた。二人が出会ったいきさつについてはルビーを厳しく非難していたが、それ以上に自分を厳しく非難していた。男の粗野な欲望を数秒のあいだ抑えることができなかった結果を知ったいまはなおさらだった。

自分が後悔するような方法で息子たちがこの世に生を受けた事実が気に入らない。息子たちにはもっとましな人生のスタートを切らせなければいけなかったのだ。

いまぼくを苦しめているものはなんだろう？　あまりにも軽率で、思いやりのない、怒りに任せた行為の結果として、息子たちをこの世に送りだしたことか？　それとも、ほかに何かあるのだろうか？　もっと時間をとるべきだったと後悔しているのか？　なんのための時間だ？　息子の母親のことを知るための時間、あるいはぼくの行為の結果について考える時間だろうか？

そんなふうに思うのは、心の奥深くで、ルビーに対して後ろめたさを感じているからか？　あのとき、彼女は十七歳だったのだ。

だが、当時は知らなかった、とサンダーは自分を弁護した。もっと上だと思っていた。もし知っていたら？

サンダーは立ちあがり、オフィスのフロアを行ったり来たりしたが、しばらくしてふと足を止めた。サンダーがルビーを放したとたん、彼女がバスルームに向かったことを思い出したのだ。サンダーは横を向き、彼女がいなくなったことを無視しようとした。けれど、それでも一連の振る舞いがいつもの自分らしくないことは自覚していた。いまの状況とルビーの存在を消し去りたかったが、シャワーの音に耳を傾けずにはいられなかった。やがてシャワーの音がやみ、ルビーがベッドに戻ってきた。彼女はサンダーの背中に体を押しつけ、かすかに震えた。湿り気を帯びた彼女の肌は冷たかった。もう彼女に用はないのだから、ひとりで眠りたい。なのに、なぜかサンダーは体の向きを変え、ルビーを腕に引き寄せた。初めこそ身をこわばらせたものの、抱いているうちに彼女の体から力が抜けていくのがわかった。

ほどなく、ルビーは彼の胸に頭をのせたまま眠りに落ちた。サンダーが離れようとするたびに抗議するかのようにルビーが何かつぶやくので、彼は彼女と体を密着させた状態で一夜を過ごした。

彼女があの夜のあいだにぼくに大きな影響を与えたとはとうてい信じられない。それとも、ルビーは本当にぼくの体や感覚に自分の存在を刻印したのだろうか？　ルビーと別れたあとで、彼女が隣に寝ているかもしれないと思いながらぼくが深い眠りから目を覚まし、彼女がいないと気づいて喪失感を覚えることを期待して？

そんなことはないと否定しつづけていったい何年になる？　ルビーが隣に寝ているのを期待したことなどなかったし、島に戻ってきてからは、彼女の不在に心を痛めたことなど一度もないふりをしてきた。

サンダーはいらだたしげに窓辺に歩み寄り、窓を開けた。新鮮な空気をふんだんに吸って頭をすっきりさせるために。

なぜこんなことを考えだしたんだ？　サンダーはまたも自問した。ルビーはいい母親だとアンナに指摘されたせいではない。人を見る目があるアンナは、ルビーはいい母親でありいい妻だ、と言った……。

不意に携帯電話が鳴りだし、電話を取ったサンダーは、表示された妹の名前を見て眉をひそめた。

「サンダー、わたしたちがアメリカから戻ってきて一週間近くになるのよ。いったいいつになったらルビーをアテネに連れてきて会わせてくれるの？」

エレナは話し好きで、数分間しゃべってから、ようやく電話を切った。

結局、アテネのオフィスに定期的に出かけているので、そのときにルビーを連れていき、エレナに会わせるということになった。

10

まず妊娠しているかどうか確かめ、もし妊娠しているなら、サンダーに言ったほうがいい。あまり先延ばしにはできない、とルビーは思った。妊娠はルビーひとりに責任があるわけではなく、二人の行為の結果にほかならない。それに、わたしはピルを服用していた……。

不意にルビーはずっと体調が悪かったことを思い出した。ロンドンでは不安や絶望に駆られる出来事が次々に起こり、体調の悪さが避妊薬の効果を薄めることを忘れていた。きっとサンダーもわかってくれる。そうでしょう？　でも、もしわかってくれなかったら……。もし彼の希望をわざと無視したと非難されたら？　けれど、そもそもわざと妊娠するような理由がわたしにあるかしら？　サンダーは成功した聡明《そうめい》な実業家だ。わたしが妊娠を望む理由などないことくらいわかるだろう。

でも、とルビーは思った。確かに彼は成功した聡明な実業家かもしれないが、子どものころに母親に裏切られた経験がある。そのことがわたしの妊娠にまで影響するだろうか？　ちょっと考えたところでは、ないように思える。なのにルビーは、あるかもしれないという気がした。

今夜、子どもたちが寝たあとでサンダーに話そうとルビーは心に決めた。

決意したことで緊張が解けはじめたとき、中庭《パティオ》に出てきたサンダーの姿が視界に入った。ルビーを捜しているようだった。とたんに後ろめたさがわき、心臓が跳ねた。妻が妊娠したことを知ったのだろうか。そうだとしたら、妊娠は隠しごとではなくなり、冷静に話し合うことができる。ルビーが期待したのもつかの間、サンダーが彼女を見つけ、妹から電話があったことを告げた。明朝、二人でアテネに向かい、ひと晩滞在することになったという。ルビーは心のどこかで、サンダーが妊娠を察してくれ、自分から話を切りださなくてすめばいいのにと願っていたことに気づいた。

だが、サンダーは察していなかった。彼に話すのはアテネから戻ってきてからのほうがいいかしら？　そのほうがゆっくりと話せる。サンダーが怒るのは目に見えている。とはいえ、彼はフレディーとハリーを愛している。たとえ腹を立てても、双子の息子たちと同じように赤ん坊を愛してくれるだろう。ルビーは自分にそう言い聞かせた。

「アテネにはぼくが仕事で行ったときに使うアパートメントがある。そこに泊まるつもりだ。息子たちはアンナが面倒を見てくれるから、ここに残していっても大丈夫だ」

「子どもたちを置いていくの？」ルビーは気遣わしげに尋ねた。「生まれてから一度もわたしと離れたことがないのよ」

ルビーの不安は嘘《うそ》ではないだろう、とサンダーは思った。嘘にしてはあまりにも反応が速かった。サンダーは、自分の母親が子どもと一緒にいるために、デザイナーズ・ブランドの店があふれた首都へ行くのを断る場面を想像してみた。そしてすぐに、ありえないと思った。母は島の生活が嫌いだったので、できる限り島には寄りつかないようにしていた。サンダーは七歳の誕生日を迎えるや、イギリスの寄宿学校に送られた。

「エレナはきみと過ごしたがっている。ぼくは仕事があるし、子どもたちはアテネのような都会に行くより、アンナと一緒に島で過ごすほうがずっと楽しいと思う」

ルビーが顔を曇らせ、唇を噛《か》みしめるのを見て、サンダーは続けた。

「アンナはちゃんと子どもたちの面倒を見てくれる。ぼくが保証する。わずかでも不安に感じたら、子どもたちを置いていったりはしない」

たちまちルビーの顔が明るくなった。「子どもたちのことでは、あなたの判断を信頼しているわ。あなたがどれほど子どもたちを愛しているか、知っているから」

ルビーが息子たちに対する彼の意見を受け入れただけでなく、こうした判断を下す彼の権利を率直に認めたことが、サンダーに驚くほどの影響を及ぼした。黒く厚い雲の切れ間からまばゆい陽光が差しこんだようだ。彼はルビーの言葉がもたらした喜びに困惑し、ひどく驚いた。二人の心がひとつになり、彼女に信頼されているのを感じた。ルビーはぼくが息子のために正しい判断をすると信じてくれた、と。

サンダーはなじみのない感情に圧倒され、ルビーを思いきり抱きしめたいという強い衝動に駆られた。彼はルビーのほうへ一歩足を踏みだしたものの、自分を守らなければいけないという思いに引きとめられた。

ルビーは彼の反応に気づかず、ため息をもらした。ばかなことを言ってしまった。アンナがついていてくれるのだから、息子たちのことはまったく心配がいらない。わたしが子どもと一緒にいたいのは、本当に子どものためを思ってのことかしら？　それとも、サンダーの妹と会うと思うと緊張し、子どもたちがいれば安心できると思ったからだろうか？　もしサンダーと普通の結婚をしていれば、不安を覚えていると正直に打ち明けていただろう。もっとも、もし普通の夫婦だったら、とっくに赤ん坊のことを話していたはずだ。そしていまごろは二人とも幸せの絶頂にあったに違いない。

「奥さまはきっとエレナのことを好きになると思いますよ。ただ、まだエレナが幼いころによく注意したことですが、彼女はずっとしゃべりっぱなしで、相手に話をさせるのを忘れる傾向があるんです」アンナはエレナのことをルビーに話して聞かせながら、困ったようにかぶりを振った。

いま、アンナはアテネ行きの旅行の荷づくりを手伝ってくれていた。ルビーが手伝いを本当に必要としていたからではなく、彼女の不安を感じ取って、安心させたかったのだろう。

「エレナはお兄さんと弟を、特にサンダーをとても自慢に思っています。あなたがサンダーをどんなに愛しているかわかれば、きっとお二人の結婚を祝福してくれるでしょう」

アンナの言葉を聞いて、ルビーは手にしていた靴を落とした。靴を拾うために体をかがめたので、シヨックの表情を隠すことができた。どんなにサンダーを愛しているか、ですって？　いったいどうしてアンナはそんなふうに思うのかしら？　サンダーなどまったく愛していないのに。

本当に？

もちろん愛していない。愛せる理由をサンダーが与えてくれたことなど一度もないでしょう？

いつから人を愛するのに理由が必要になったの？　内なる声が指摘した。マンチェスターのクラブで、部屋の反対側に目をやり、心臓が跳ねたのを感じたとき、彼に心臓を強く引っ張られたように感じたとき、どんな理由が必要だった？

あれは、おとぎ話のヒーローのような男性に巡り合うのを夢見ていた、世間知らずの女の子の反応だった。わたしは悲しみを取り除いてくれる救世主を求めたのだ。ルビーはうろたえながら思った。

アンナは思い違いをしている。そうに決まっている。しかし、落ち着きを取り戻してアンナに目をやると、温かな思いやりにあふれた目は、思い違いなどしていないと語っていた。

そんなことがありえるだろうか？　自分で気づかないうちにサンダーを愛しはじめたのかしら？　抑えることのできないほど圧倒的な欲望は単なる肉体的なものではなく、彼への愛情から生じたものだったの？

なんといっても、サンダーは息子たちの父親なのだ。妊娠に気づいたとき、彼に対する思いが強いから身ごもったのだと、わたしは心のどこかで信じていた。世間知らずで、弱くて、孤独だったので、双子の息子たちは愛情から生まれたと信じたかったのだ。

それに、いまおなかの中にいる赤ん坊の命も、愛情から芽生えたのではないかしら？

「きっとエレナを好きになりますよ」アンナが繰り

返し言った。「エレナもあなたのことが好きになります」

数時間後、飛行機がアテネ空港に着陸し、到着ロビーに入ったとき、ルビーはアンナの言葉にしがみついていた。とてもおしゃれな黒髪の若い女性がきびきびとした足どりで近づいてきた。目はデザイナーズ・ブランドのサングラスで隠れている。

「わたし、遅れるかと思ったわ、サンダー。交通渋滞がひどくて、それにスモッグも！　わたしたちの貴重な古代の建築物が危機に瀕《ひん》しているのも不思議じゃないわ。台湾での契約が確実になったと兄さんに伝えるよう、アンドレアスから頼まれたの。そうそう、二人とも今夜の夕食に来てちょうだいね。それほどフォーマルなものではなくて……」

「エレナ、きみはまるで暴走列車みたいだな。話をやめて、ルビーを紹介させてくれ」サンダーはからかうような口調で、しかしきっぱりと言った。

エレナは声をあげて笑い、ルビーのほうを向くと、すぐさま温かく抱きしめた。「あなたと結婚できてサンダーがどんなに幸運かって、アンナが言っていたわ。子どもたちに会うのが待ちきれない。わたしって鋭いでしょう？　マンチェスター空港で二人を見つけたんですもの。わたしがいなかったら、あなたと兄は仲直りできていなかったかもしれないでしょう」

空港のターミナルビルを出ると、サンダーが言った。「車はぼくが運転するほうがいいな、エレナ。おまえが運転とおしゃべりを同時にすると何が起こるかわかったもんじゃない。実際、ずいぶん高いものについた記憶がある」

「まあ、兄さんったら」口をとがらして抗議したあと、エレナは兄に車のキーを渡しながらルビーに向かって言った。「あれはわたしの責任じゃなかったのよ。そもそも相手が駐車禁止のところに車を止めていたからなの」

アンナの言うとおりだった、とルビーは思った。わたしはエレナのことが好きになるだろう。サンダーが渋滞しているアテネの通りを運転しているあいだ、エレナは冗談を交えながら、たわいないおしゃべりを続けた。

すでにエレナはルビーとの関係をサンダーから聞いていたようだった。エレナの話しぶりからすると、ひと晩だけの関係ではなく、二人が恋人としてつき合っているあいだにルビーが妊娠したとサンダーは説明したらしい。彼の配慮にルビーは感謝した。双子の息子とその母親を守るための優しさと思いやりだ。ルビーは心の中に温かいものが満ちるのを感じた。でも、これは幸せとは違うでしょう?

アテネの夜は暖かく、心地よい風がルビーの肌を撫《な》でた。ルビーとサンダーはタクシーを降り、サンダーのアパートメントがある現代的な建物の玄関へと歩いた。アテネの郊外にあるエレナとアンドレアスの家で楽しいひとときを過ごしてきたところだった。明日の朝には島に戻ることになっている。もちろん、子どもたちに会うのは楽しみだけれど、でも……。自分がそう望んでいるから、思い違いをしているだけだろうか? それとも、サンダーの態度が和らいだのは事実だろうか? サンダーの優しさと思いやりに触れて、ルビーは何か特別ですばらしいものが待っている気がした。

サンダーはルビーに目をやった。彼女は肩ひものついたシルクのドレスを着ていた。淡いピンク色の生地に灰色の扇模様が浮かんでいる。胴部は体にぴったりと張りつき、スカートは細身で、見るからに上品だ。体の線をいちいち強調しなくても、洗練された緩やかなドレスは女らしい体型をうかがわせた。

あらわになった肩は小麦色で、ルビーが島で数週間を過ごすあいだに日に焼けたことを物語っていた。今夜、食事をしながらルビーが妹夫婦と話したり笑い合ったりするのを見ているうちに、サンダーは妻としてのルビーを誇らしく思い、同時に欲望がわき起こるのを感じた。ルビーがいい母親だからだろうか？　息子たちのことでぼくを信頼してくれたからか？　あるいは、今夜、ルビーが知性と優しさとユーモアのセンスを見せたせいかもしれない。そのことで、ルビーが彼の母親とも、そして彼が知っているどの女性とも違うということに気づいたからか？

サンダーはまだ、これらの問いに答えるだけの準備ができていなかった。しかし、彼の妻と愛し合う準備はできていた。

妻としてルビーと愛し合う——ごく簡単な言葉だが、彼女と結婚したときには絶対に思い浮かばない言葉だった。


建物の中に入ると、サンダーはルビーの手を取った。二人とも無言だったが、ルビーの心臓は高鳴りはじめた。これまであえて考えないようにしていた希望が、彼女の中でいまや気球のように高く舞いあがっていた。

部屋に上がるエレベーターの中で、ルビーは心の中で願った。どうか何もかもうまくいきますように。わたしたちみんなのために。〝みんな〟の中にはいまおなかの中にいる新しい命も含まれていた。

ルビーはサンダーに話すつもりだったが、その前に、本当に妊娠しているかどうか確かめようと思った。そのため、今日ちょっとした機会を見つけて薬局に入り、妊娠検査キットを買った。島に帰ってからそれを使って妊娠を確かめ、そのうえでサンダーに話そう。いま話すのはやめよう。彼女は今夜を特別なものにしたかった。今夜だけは自分のために使いたかった。サンダーを愛していると思いながら、彼と愛し合いたかった。

アパートメントの居間で、サンダーはリンネルのスーツを脱ぎ、椅子の上にほうり投げた。彼の背中の筋肉がわずかに動くだけで、シャツが引っ張られる。ルビーの視線はシャツの動きに吸い寄せられ、いまやなじみのあるうずきが下腹部から全身に広がっていった。もっと深く呼吸をして、体に酸素を取り入れなければいけない。そう思ったとたん、すでに興奮して敏感になった胸の頂が反応し、ドレスの布地が張りつめた。

サンダーが体を起こし、振り返ると、ルビーの胸のとがりがドレスの上からくっきりと見えた。サンダーの体はすぐさま反応し、すでに感じていた欲求がますます募った。

こんなふうに突っ立っていてはいけない、とルビーは自分に警告した。このままでは、彼が欲しいから立っていると思われかねない。そんな事態は避けたかった。性的な満足なしでは生きていけない女だと見なされたくなかった。ルビーが望んでいたのは、〝きみの魅力にぼくは抵抗できない。大好きだ、愛している〟とサンダーに言われることだった。

彼に顔を見られたくなくて、ルビーはすばやくドアのほうを向いた。だが驚いたことに、彼女がドアに行き着く前に、サンダーが静かな口調で言った。

「そのドレスはきみによく似合う。今夜のきみはいちだんと美しい」

わたしのことを美しいとサンダーは言ったの？

ルビーは身じろぎひとつできなかった。信じられないという思いと渇望のあいだで、サンダーを見つめる以外、何もできなかった。

サンダーが近づいてきて、ルビーの前に立った。両手を上げて、ドレスの肩ひもを外しながら穏やかに言う。「だが、ドレスがないほうがもっと魅力的だ」

たわいもない言葉とはいえ、ルビーにとっては何よりも大事な言葉だった。頭のてっぺんから爪先まで震えが生じ、ルビーは息も満足にできないほどだった。ファスナーを下ろしてドレスを床に落とすと、彼はルビーの顔を両手で包んでキスをした。

ルビーはサンダーの腕に抱かれた。彼がキスをすると、ルビーも返した。サンダーにキスをし、彼に抱かれていると、砂が波にさらわれるように、ルビーの疑念や不安は消えていった。

たくましい手がルビーの体に沿って動き、愛撫《あいぶ》していく。彼女は、自分が強力な征服者へささげられる貢ぎ物になった気がし、欲望の波に身をゆだねた。体じゅうをこれ以上ないほど軽やかに触れられると、高まる一方の喜びにルビーは耐えられなくなり、身も世もなくもだえた。サンダーが怒りで辛辣《しんらつ》になることなく、こんなふうに欲望をぶつけてほしいと彼女は願ってきた。そして、自分が彼に対する欲望を隠していることを心の奥深くではわかっていたのに、それを否定してきた。サンダーを恋しく思いながら、その思いを禁じてきた。しかしいま、こうして彼の腕の中にいると、自分を守るためについていた嘘は跡形もなく消え去った。彼女の体に触れる彼の手の熱が嘘を燃やし尽くしたのだ。

胸の頂を親指で愛撫されるなり、喜びはいっそう高まり、ルビーはサンダーの口の下でうめき声をあげた。彼の手の下で熱くうずくような欲望が脈を打ち、その欲望を満たしてほしいと体が要求している。やがてわたしは耐えられなくなり、サンダーにしがみつくだろう。彼はそれを合図にわたしを絶頂へ、最後の爆発へと導き、わたしは持っているものをすべて彼に与える。そしてサンダーの支配力と、彼のものになりたいという欲求に負け、どうしようもない無力感を覚えるだろう。

これこそマンチェスターでの初めての夜にルビーが体験したことだった。強烈な体験にすっかり圧倒されてしまい、バージンを失ったことにもほとんど気づいていなかった。彼のものになる喜びに身も心も躍っていた。

ルビーはぼくのものだ。サンダーはそう思い、原始的な喜びに浸った。体はルビーを求めて熱く燃え、耐えられないほど激しくうずいた。だが、彼は急がなかった。二人でゆっくりと喜びを分かち合いたかった。そして彼女のすべてを記憶の中に永遠にとどめておきたかった。サンダーは身をかがめ、ルビーを抱きあげて寝室へと運んだ。ほの暗い寝室の官能的なぬくもりの中で、二人の視線が絡み合った。

「知っているかい？　ぼくは片時もきみを忘れたことがなかった。きみの思い出を頭の中から消すことができなかった。ぼくの愛撫に震えるきみの姿、きみの肌から立ちのぼる香り、ぼくが触れるたびに速く不規則になっていくきみの息遣い……」

ルビーがなんとかして呼吸を整えようとするあいだも、サンダーは首の横を愛撫し、それから背筋に沿って指先を走らせた。

「そう、そんなふうに」

なすすべもなく、ルビーはすすり泣きをもらし、これ以上の責め苦には耐えられないと抗議した。だが、サンダーはルビーを無視し、肩甲骨に沿ってキスの雨を降らせた。すると、ルビーは欲望に屈し、背中を弓なりに反らして喜びを率直に表した。サンダーはルビーの腕を上げて手首の内側からキスを始め、やがて肘の内側に達した。

サンダーは自分がこんなふうに感じることができるとは思ってもいなかった。ルビーが示した官能的な反応が、彼女に感じさせられないようにと築いていた砦《とりで》をすっかり打ち壊した。サンダーはルビーの唇にキスをし、舌で彼女の柔らかくて心地のいい唇を探った。ルビーが震えながら大きくのけぞるや、サンダーは服越しに感じられるルビーの肌の感触に我慢できなくなった。

ルビーはサンダーの濃厚なキスに夢中になっていた。キスは激しい興奮と欲求の矢を全身に放ち、これまでの下腹部の鈍いうずきを痛いほどの欲望へと変えた。胸のふくらみはサンダーに触れてほしいと熱望し、熟した果実のように張りつめている。彼の手で触れてほしい、とルビーは思った。撫で、愛撫し、渇望をいやしてほしい。胸にキスをして、口でうずきを吸い取って、熱い喜びを与えてほしかった。

彼女の願いとは裏腹に、サンダーはルビーから離れて体を起こした。ルビーが必死で求めているときに、体を引いたのだ。ルビーは激しくかぶりを振り、言葉にならないうめき声をあげて抗議しながら、ベッドの上に座った。

ルビーが何を感じ、何を恐れているかわかっているかのように、サンダーは彼女の手を取り、スーツのズボンの下の高まりに押し当てた。そのあいだ、彼は情熱を浮かべたルビーの顔から視線をそらさなかった。その顔は明らかに、彼の情熱のあかしを、ルビーに対する欲望をあからさまに表す高まりを喜んでいた。

ルビーの指が彼の下腹部をたどりはじめると、彼女がどう感じているか、サンダーは手に取るようにわかった。ルビーの柔らかな唇が開き、舌で唇をなめ、目の色が興奮で濃くなる。

サンダーはいらだたしげに自分のシャツのボタンを外しはじめた。彼の動きに気づいたルビーは、彼の顔を見あげ、それからにじり寄ってひざまずくと、彼に代わってボタンを外していった。ルビーは身をかがめ、ボタンを外すたびにあらわになる彼の肌にキスをした。やがて唇でサンダーの肌の温かさを知るだけでは我慢できなくなり、肩甲骨に舌先を走らせ、ルビーの愛撫に震える彼の体のフェロモンを吸いこんだ。サンダーの胸は筋肉質でたくましく、小さな胸の先端は褐色に色づき、硬くなっていた。彼にこれほど近づけた喜びに我を忘れ、ルビーは手を伸ばして、指先でその胸の先端に触れた。それから突然、衝動的に頭を下げたかと思うと、同じ場所にキスをして口に含んだ。

たちまちサンダーの全身が激しく反応した。ルビーが胸の先端を探っているあいだに、彼はズボンを手始めに残っている衣類をすべて脱いだ。そしてルビーを腕に抱いて、あらん限りの情熱をこめてキスをした。

もはや二人を隔てるものは何ひとつなかった。サンダーの肌をじかに感じるなり、ルビーの中に残っていた自制心はすべて吹き飛ばされた。サンダーの首に腕を巻きつけ、しがみついて、彼に負けないほどの情熱でキスを返した。彼の両手で胸のふくらみを覆われると、切ないため息をもらした。

これこそサンダーが心から望んでいたものだった。互いに与え合うこと、遮る物のない親密な触れ合い。ほかの誰よりも彼は目の前の女性を望んでいた。ルビーは彼が欲しいもののすべて、いや、それ以上だった。サンダーは彼女のシルクのようになめらかな肌を再発見する航海にゆっくりと出かけた。

サンダーはベッドで女性を愛することにかけては熟練していると自負していたが、いまのような状況は初めてだった。自分がこんなにも激しく反応するとは思ってもいなかった。過去に経験したことのない強烈な欲望に対する心構えができておらず、自制心を脅かされながらも、ルビーのすべてを自分のものにして彼女に極上の喜びを与えたいと強く願った。繰り返しクライマックスを味わわせ、喜びを感じたルビーを永遠に自分のものにしたかった。ルビーの官能に彼自身を刻みつけ、ほかの男には決して反応しないようにさせたいと、心から思った。いますぐ彼女が欲しい。硬くなった胸の頂を吸い、胸のふくらみを包みこむと、ルビーの不規則な呼吸とすすり泣きが聞こえてきて、とどまるところを知らない彼の欲望はますます募った。

ルビーはサンダーの首を両手でつかんで引き寄せ、上体を弓なりに反らして彼に近づこうと試みた。すでに官能の高みまでのぼりつめたと思っていたが、そうではなかった。二人のあいだに遮るものがなくなったいま、先ほどの体験はいま感じていることの前兆にすぎないと知った。サンダーの唇が胸の頂を引っ張るたび、耐えきれないほどの興奮がルビーの全身を稲妻のように駆け巡り、体の奥深くへと侵入して熱いうずきを誘発した。上体を反らして彼に近づくだけでは、ルビーをとらえている荒々しい欲求を抑えるのは不可能だった。ついにルビーは脚を開いて腰を浮かせ、彼に押しつけた。サンダーがルビーの欲求に応《こた》えようと彼女の脚の付け根に手をはわせるや、ルビーの呼吸からほっとしたようなうめき声がもれた。

ルビーがせっぱつまっているのを、サンダーは愛撫の手を通して感じ取った。そのとたん、彼の中で欲望がはじけ、ルビーを熱烈に奪いたいという狂おしいほどの衝動に駆られた。そして、彼女の体の奥が潤っているのを知って、彼の自制心は風前のともしびとなった。

秘めやかな部分をサンダーに触れられていることにルビーはこれ以上耐えられそうになかったが、それでも彼が触れているのは最も親密な部分とは言えなかった。彼の指先は秘めやかな部分の縁を軽く触れているだけだった。

いまやルビーはサンダーに飢えたように体を開いていた。彼が指を一本、また一本と沈めていくと、彼女は喉の奥から苦痛と安堵《あんど》の入りまじった声をもらした。

サンダーは、ルビーが彼の腕をつかみ、肌に爪が食いこむのを感じたが、たとえその行為がなくても彼女が何を感じているかわかった。ルビーの体の動きが速くなり、彼女の激烈な高ぶりが伝わってくる。ルビーが叫び声をあげる前から、サンダーは彼女がクライマックスに達したのがわかった。ルビーの熱い喜びがサンダーに男としての満足感をもたらし、喜びを一緒に楽しむために彼の下腹部は急速に張りつめていった。

だがまだ早い、とサンダーは胸の内でつぶやいた。ぼくが与えることのできる喜びのすべてをルビーに与えたと確信できるまでは、まだ早い。

仰向けになった体に沿ってサンダーの唇が下がっていくと、ルビーは初め、穏やかな心地よさを感じた。それは先ほどの激しい興奮のあとの、優しさに満ちた愛撫だった。差し迫った欲求の兆しも警告もなかった。けれどもサンダーの唇が下腹部を動きまわると、新たな欲求が生じ、満足させられたと思っていたうずきがしだいに大きく強くなりはじめた。初めての体験にルビーはショックを受け、新しく生じた欲求の存在を否定しようとした。

だが、サンダーはそれを阻んだ。ルビーの抗議は無視された。彼の舌はルビーの腿の内側に情熱の渦を描いていき、熱い潤いを探り当てた。間をおかずに秘めやかな部分のうずきに合わせて動きだすと、ルビーは再び自制心を捨て去り、サンダーに我が身をささげた。

今度のクライマックスは鋭いけれど短く、ルビーはさらに何かを求めるように身を震わせた。欲求の激しさにもだえながら、彼女はサンダーに触れようと手を伸ばした。だが、サンダーはその手をつかみ、かぶりを振りながら強い調子で言った。

「だめだ。触れるな」

次の瞬間、ルビーは自分の中にサンダーが入ってくるのがわかった。硬くなめらかな高まりがルビーの秘密を探っていく。ゆっくりと深く入ってくる彼の動きに合わせ、知らず知らずルビーの動きも速くなっていった。

サンダーが初めてこの喜びを教え、喜びの秘密を明かしてくれたときのことをルビーは思い出した。初めて彼が入ってきたとき、一瞬、鋭い痛みに息が止まり、凍りついたが、性に目覚めた体は自ら要求しはじめ、いまのようにサンダーを柔らかく包んだのだった。

あのときと同じく、ルビーの体は欲望の赴くままに彼をさらに深くへといざなった。

これこそルビーの体があこがれ、渇望していたものだった。彼とひとつになるこの完璧《かんぺき》さを心から求めていた。ルビーはサンダーにしがみつき、彼をすっかり自分の中に取りこみ、しだいに速くなっていく彼のリズムに進んで合わせた。

サンダーは我を忘れた。自制心も内なる声ももはやなんの役にも立たなかった。彼は欲望の奴隷となり、服従するよりほかなかった。

サンダーは自分の声を聞いた。それは苦悩と勝利感のまじった男の叫びだった。ルビーがクライマックスに達するのと同時に、彼は彼女の中で自らを解き放った。

しばらくたってもルビーは体の中で爆発した激しい喜びの余震にまだ悩まされていた。無言でサンダーの胸にもたれ、しだいに落ち着いてきた彼の鼓動を聞いていた。

今夜わたしたちは特別な何か、大切な何かを共有した、とルビーは確信した。彼女の胸はサンダーへの愛で満たされていた。

11

二人が島に戻ったときの息子たちの反応はそっけないものだった。ルビーの留守中、息子たちが充分にアンナに世話をしてもらい、いかに快適に過ごしたかをどんな言葉よりも雄弁に語っていた。

ルビーは寝室で着替えながら、悲しい気持ちになった。サンダーはメールを見るためにすぐにオフィスへ行ってしまった。

とはいえ、着替え以外にも、ルビーにはすることがあった。

ハンドバッグはベッドの上にあった。バッグを開け、アテネで買った妊娠検査キットを取りだした。箱から出すとき、手がかすかに震え、説明書を読む目は緊張のあまりかすんだ。六年前に検査キットを使ったときは、結果を知るのが恐ろしく、不安で気分が悪くなりそうだった。

いまも同じように不安だったが、理由はまったく違っていた。

また妊娠したかもしれないと最初に気づいたときから状況は変わったのよ、とルビーは自分に言い聞かせた。サンダーを愛しているとアンナに指摘されたときは、否定したかった。けれどもいったん真実だと悟ると、もう無視できなくなっていた。確かにルビーはサンダーを愛していた。何よりショックだったのは、アンナに言われるまで気づかなかったことだ。いまはサンダーのことを思うだけで、うずくようなあこがれと苦痛で胸がいっぱいになった。

自尊心を捨て、どう感じているかを彼に率直に話せば、おなかの赤ん坊が二人のあいだの懸け橋になってくれるかもしれない。彼の体を自分のものにしたいとわたしは懇願した。愛情を受け入れてほしいと懇願するのはそれほど難しいことではないんじゃないかしら？　おなかの子に幸せと愛情を与えてほしいと彼に頼むのがそんなに難しいとは思えない。彼は双子の息子たちを愛している。きっとこの子も同じように愛してくれる。そうでしょう？　たとえわたしの愛情を受け入れてくれなくても。サンダーが息子たちに愛情たっぷりに接するところをずっと見てきたけれど、二人の息子たち専用の愛情ではないはずよ。ルビーは心の中でそう思いながらバスルームへと向かった。

十分後、ルビーはまだバスルームに立って表示されたラインを見つめていた。もちろん、結果はわかっていた。わからないはずがない。けれども、妊娠を予測するのと妊娠の明らかな証拠を実際に見るのとでは、まったく違う。もう子どもはいらないとサンダーがはっきりと口にしたのに、彼の子どもを身ごもってしまった。サンダーの結婚の条件を従順に守り、毎日、夕方になると欠かさずピルをのんできた。あらゆる障害をものともせずに身ごもってしまったこの赤ん坊は、そういう運命にあったのだろう。二人が共有できる天からの贈り物だろうか？

ルビーはまだ平らなおなかに手を当て、大きく息を吸った。いますぐサンダーに話さなければ。早ければ早いほどいい。

突然、外から子どもの金切り声が聞こえ、ルビーは検査キットを大理石の洗面台の上に置いて、寝室を抜けて中庭《パティオ》に通じるドアへと走った。案の定、パティオで息子たちがおもちゃを巡ってけんかをしていた。フレディーがハリーからおもちゃをひったくろうとし、ハリーは取られまいと必死に抵抗している。アンナも叫び声を聞きつけて、すぐにやってきた。二人の大人はまたたく間に子どもたちのけんかをおさめた。

アンナが当然のように言った。「おなかの子がまた双子だったら、大忙しになりますね」

ルビーはあきらめたように首を横に振った。アンナに言い当てられたことにはさほど驚かなかった。朝食時に薄い紅茶とともに手作りのジンジャー・ビスケットがさりげなく登場しはじめたとき、アンナが妊娠を疑っていることに気づいたのだ。

サンダーは椅子を後ろに押して立ちあがった。家に戻ってからまだ一時間しかたっていないのに、もうルビーを捜しに行きたくなっていた。実のところ、ルビーがそばにいないと寂しかった。それもベッドに限った話ではない。サンダーはこうした感情を持つことを忌み嫌っていた。自分が弱くなった気がするからだ。無意識のうちに抵抗しようと試み、腹立たしさも覚えたが、それもつかの間、オフィスのドアを開けて寝室へと続く廊下を歩きだした。

ルビーは子どもと一緒に屋外にいるのだろう。父親としては、服を着替えて家族のもとに行くのは少しも不自然ではない。外に行ったからといって、自分の本心をさらけだすことにはならないだろう。外に行けば、息子たちだけでなくルビーとも一緒にいられる。サンダーは、人に裏切られるのではないかという不安をいだきながら生きてきた。たった数週間ではそうした不安を克服できない。アンナやエレナはルビーを褒め、いい妻だと思っているかもしれないが、ルビーを信頼するにはさらなる証拠が必要だった。

サンダーは寝室のベッドの上でルビーのハンドバッグが開いたままになっているのを見たが、気にも留めなかった。バスルームに置き去りにされた妊娠検査キットを目にしたのは、シャワーを浴びて着替えをすませたあとだった。

ルビーが寝室に戻ったとき、まずベッドの上に無造作に置かれたサンダーのジャケットが目に入った。後ろめたさと不安で心臓が早鐘を打ちだす。彼女はバスルームに向かったが、その途中で立ちすくんだ。サンダーが洗面台の傍らで検査キットを手に立っているのが目に入ったからだ。

サンダーはうつろな目をしていた。いま目にしているものが信じられないと言わんばかりに。だが、すぐにうつろな表情は消え、ルビーに向けた目は怒りに燃えていた。

「妊娠しているんだな」

質問ではなく、非難の言葉だった。たちまちルビーの心は沈んだ。

「ええ」ルビーは認めた。「妊娠しているかもしれないと思っていたけれど、あなたに話す前に確かめておきたかったの。わたしたちが結婚するとき、あなたはもう子どもは欲しくないから、わたしにピルをのむように言ったわ。もちろんわかっている。それにピルはのみつづけているわ」ルビーはサンダーに正直に話した。

サンダーは何も言おうとせず、ただルビーを見つめていた。

ルビーはうろたえ、懇願するような口調で言葉を継いだ。「そんな目で見ないで。あなたは息子たちを愛している。だから、おなかの子――あなたの赤ん坊も同じように愛してあげて」

「ぼくの赤ん坊だって？　きみはピルをずっとのんでいたと言ったじゃないか。ぼくの子どものはずがない。ぼくがきみを見つけだす前に、きみは大勢の男と関係を持った。そして、その中のひとりの子どもを身ごもった。その子を自分の子どもだと思うほど、ぼくが愚かだと思っているのか？　だとしたら、愚か者はきみのほうだ。だが、きみは愚か者ではない。そうだろう、ルビー？　きみは金目当ての、節操のない強欲な嘘《うそ》つきだ」

彼が発した怒りの言葉がルビーのまわりで炸裂《さくれつ》した。でたらめに発砲された機関銃が何もかも破壊しようとするかのようだった。ルビーは心身ともに麻《ま》痺《ひ》して何も感じなかったが、致命的な傷を負ったことはわかった。

「きみはぼくに結婚を要求したとき、すでに自分が妊娠していることを知っていたんだ」サンダーは激しく非難した。

ぼくは愚かではないとルビーに言ったが、本当はその反対だ。これまでは感情に左右されることのない安全地帯で生きてきたが、ルビーにそこから誘いだされ、ひょっとしたら彼女のことを誤解していたのかもしれないと思いはじめていた。だが、誤解などしていなかった。つい油断してしまい、自分を守るために備えた感情面での安全装置をすべて外してしまった。ぼくはいま、その報いを受けているのだ。


怒りに満ちた苦々しい思いが毒を塗った爪でサンダーの自尊心をひっかいた。

「きみがぼくと結婚したのは、結婚から得られる経済的な利益のためだと思っていた。だが、きみがどれほど強欲で、道徳心が欠如しているか、そこまでは気づかなかった」

これ以上は耐えられず、ルビーは激しく言い返した。「あなたと結婚したのは一にも二にも息子たちのためよ。そして、いまおなかにいるのは、間違いなくあなたの子どもなの。そう、確かにわたしはピルをのんでいた。でも、わたしたちがロンドンにいたとき、わたしの体調が思わしくなかったのを覚えているかしら？　そのせいで妊娠したのだと思う。状況によって……胃の不調や、吐き気がしたりすると、ピルの効果が失われることがあるの」

「ずいぶんと都合のいい話だな」サンダーはせせら笑った。「そんなことをぼくが信じると本気で思っているのか？　きみの本性を知っている、このぼくが？　きみは子どもたちのために結婚したのではない。金のために結婚したんだ」

「違うわ」ルビーは語気鋭く否定した。どうしてわたしのことをこれほど悪く思えるのだろう？　苦痛だけでなく、怒りがこみあげた。愚かなのはサンダーではなく、わたしのほうだった。サンダーを愛し、愛情で心を通い合わせることができると信じたわたしがばかだった。

「ぼくはきみのことをよく知っている」

サンダーが繰り返すと、ルビーの自制心の糸がぷつりと切れた。

「いいえ、あなたはわたしのことを何も知らないわ、サンダー。あなたが知っているのは、あなたの色眼鏡を通して見ているわたしだけよ。赤ん坊が生まれてDNA検査を受けさせたら、あなたの子どもであり、フレディーとハリーの本当のきょうだいだとわかるでしょう。でも、そのころには、あなたは事実を知ることもできないし、あなたの息子か娘を愛することもできないのよ、サンダー。わたしはあなたみたいな父親のもとで子どもを育てるつもりはないから。あなたが息子たちを心から愛しているのはよくわかっている。でも、息子たちが大人になったとき、母親であるわたしに対するあなたの態度や、わたしに対する疑念は、きっと息子たちの女性に対する見方に悪影響を与えるでしょう。だから、わたしは息子たちをあなたのもとで育てるつもりはない。愛情に気づかず、愛情の価値も知らず、愛情を理解すらできない大人にするつもりはないわ」

ルビーは悲しげなため息をもらした。

「わたしのいちばんひどい罪が何か知っている？　わたしが何をいちばん後悔しているか？　あなたを愛したことよ、サンダー。あなたを愛しているあいだは、わたしは子どもたちにとっていい母親にはなれない。あなたはわたしたちが初めて会ったときのわたしの言動を持ちだし、あなたを誘惑したふしだらな女だと非難する。本当は、わたしは十七歳のバージンだった。そう、あなたはそんな目でわたしを見るけれど、事実よ。世間知らずで、どうしようもないほど愚かな女の子だった。両親を亡くした悲しみから抜けだせず、失ったものを埋め合わせてくれる愛情が欲しくてたまらなかった。そして、混雑したクラブの向かい側にいる男性を目にしたとき、苦痛や喪失感から救いだし、しっかり抱きしめてくれる救世主かヒーロー、つまり特別な人だと思いこんだ。それがわたしの罪よ。あなたを偶像視して、本来のあなたとはまったく違う人間だと思いこんでしまった」

そこで大きく息をついで、ルビーは続けた。

「わたしがほかの男性とつき合ったという非難に関しては、そんな男性はひとりもいなかったと断言しておくわ。あなたにひどい扱い方をされたあとで、またほかの男性を信頼するほどわたしがばかだと思う？　確かに、あまりにも愚かな行動をとったから、ひどい扱い方をされても当然ね。きっとあなたはわたしに教訓を与えようとしたのね。わたしが驚いているのは、あなたの教訓が功を奏したことをあなたが受け入れないことよ」

ルビーは挑むようにサンダーを見つめた。

「わたしがあなたに結婚してと頼んだ理由はひとつしかない。あなたが手を引くと思ったからよ。でも、あのときもあなたに言ったけれど、あなたが本当に息子たちを望んでいるとわかったとき、添い遂げようと決めた両親に見守られて育つのが、フレディーとハリーにとって何よりも大切なことだと心から思ったの。わたしが育った家庭がそうだったから、息子たちにもそうした温かい家庭を与えたいと願ったのよ。でも……」

ルビーの声が沈んだ。

「たったいま、あなたがわたしを非難したことで、すべてが変わってしまった。あなたの恐ろしい考えで息子たちの心をゆがめてほしくない。おなかの子どもは息子たちの実のきょうだいよ。だけど、たとえDNA鑑定でそれが証明されても、あなたは納得しないでしょうね。あなたが信じたいこととは違うから。あなたは最悪のわたしを信じたいのでしょう。たぶんそう信じる必要があるのね。でも、お気の毒さま。母親としてのわたしの仕事は、わたしの子どもを守ることなの。双子の息子たちはとても利口よ。あなたが自分たちの弟か妹を受け入れないことをすぐに悟り、あなたのまねをするかもしれない。そんなことをさせるわけにはいかない。絶対に」

最初、サンダーはルビーの激しい怒りの言葉は真っ赤な嘘だと決めつけた。しかし、母に傷つけられた苦痛から自分を守るために作った複雑な防御システムの下で、何かが芽生えはじめていた。最初はあまりにも小さいので、サンダーは簡単に払いのけることができると思った。しかし実際に払いのけようとしたとき、それは心の中にしっかりと根を生やし、サンダーを驚かせた。自分を拘束してきた防御システムを打ち壊したいという強い思いは、いつからぼくの中で根を下ろしはじめたのだろう？　どうしてぼくの一部は喜んでルビーの味方につこうとしているんだ？　心を真っ二つに引き裂こうとする力と闘いながら、サンダーは必死に前へ進もうとした。

ルビーが想像していたよりははるかに悪い展開だった。サンダーが怒ることは予期していたが、まさかおなかの子どもが自分の子どもだという事実を否定するとは思ってもいなかった。サンダーを憎むべきなのに、できない。憎めたらどんなに楽だろう。憎しみはやがて浄化されるものだから。

もちろん、島を離れないといけない。けれども息子たちを置いていくつもりはない。息子たちはサンダーがいないと寂しがるだろう。だからといって、彼のそばに置くことはできない。息子たちには、父親のようなものの見方や考え方を持つ人間になってほしくない。辛辣《しんらつ》な父親の影響が及ばないところで育てなくては。

ルビーはまだ開いているパティオのドアの向こうに目をやった。涙で視界がかすんでいるが、彼に涙を見せるつもりはない。

「こんな話を続けても無駄だわ」ルビーはサンダーに言った。「あなたがわたしを最悪な女だと考えたがっている限り」

サンダーの返事を待たずに、ルビーはパティオに向かった。感情に圧倒され、熱い涙があふれでる前に、できるだけ彼から離れたかった。

彼は寝室からルビーをじっと見ていた。

ルビーは下の庭へと続く大理石の階段のいちばん上まで来た。涙を流すまいと激しく目をしばたたかせながら、足を踏みだす。ところが、どうしたわけか、歩調が狂い、靴のヒールがいちばん上の段で引っかかって前につんのめった。

ルビーがつまずき、大理石の階段を転げ落ちるのを見た瞬間、サンダーは反射的に寝室を飛びだした。そして、跳ねるようにして階段を下り、最初の踊り場で倒れているルビーに駆け寄った。

サンダーがひざまずいてルビーの上に身を乗りだすと、ルビーが苦しげに口を開いた。

「わたしの赤ん坊……」

その言葉を最後に、ルビーは気を失った。

12

「意識が戻ったようです。ルビー、わたしの声が聞こえますか？」

曇っていた視界がしだいに晴れ、白い服を着た三つの人影は、医師と二人の看護師だとわかった。三人ともルビーを安心させるようにほほ笑みかけている。病院だわ。わたしは病院にいるの？　ルビーは思わずパニックを起こしそうになった。

「大丈夫ですよ。あなたは階段から落ちて大変な目に遭いましたが、もう大丈夫。体を休ませるために数日間安静にする必要があったし、いくつか検査もしました。だから、頭がぼんやりしたり、混乱したりするのです。どうか気持ちを楽にしてください」

楽にする？　ルビーは上掛けの上に手を置いた。腕には点滴の針が刺さっていた。

「赤ん坊は？」ルビーはおそるおそる尋ねた。

ルビーの近くにいた看護師が医師に目をやった。

流産したのだ。ルビーは階段から落ちたときのことを思い出した。わたしが階段から落ちたばかりに、赤ん坊は死んでしまった。流産してしまったのだ。わたしは赤ん坊を守ってあげることができなかった。階段から落ち、赤ん坊の父親にも拒否されてしまった。その証拠に、サンダーの姿が見当たらない。悲しみのあまり感覚が麻痺《まひ》し、泣くことさえできなかった。

看護師はルビーの手を軽くたたき、医師はルビーにほほ笑みかけた。

「赤ちゃんは元気ですよ、ルビー」

ルビーは信じられない思いで看護師を見た。「本当のことを言って。赤ん坊は死んでしまったのでしょう？」

医師は看護師に目をやった。「ルビーに見てもらったほうがいいね」医師はルビーのほうに向き直って言った。「スキャナーで看護師におなかの中を見せてもらうといい。そうすれば赤ん坊がまったく問題ないことを自分の目で確かめられるからね。わたしが説明するよりもそのほうがずっといい。たちまちきみの心配は消えてなくなるはずだ」

一時間後、病室に戻ってきたルビーはまだ写真を見つめていた。目に喜びの涙を浮かべて。もらった写真にはっきりと赤ん坊が写っていた。

「あなたも赤ん坊もとても運がよかったんですよ」

数分後にルビーの様子を見に来た看護師が言った。

「あなたは頭にひどいけがを負ったんです。テオポリスの病院に運ばれたときは、血栓ができているかもしれないと診断されました。つまり、中絶しないといけなかったということです。でも、ご主人は同意なさいませんでした。ご主人はあなたをアテネのこの病院に搬送する手配をし、アメリカから専門医を呼び寄せました。中絶するようなことになったら、あなたが許してくれないだろうし、自分を許すこともできないとおっしゃっていました」

サンダーがそんなことを言ったの？　ルビーはわけがわからなかった。

「ご主人はもうすぐお見えになるはずです」看護師は続けた。「最初、ご主人はずっとあなたについているとおっしゃったのですが、ドクター・スマイズソンがもう心配ないから家に帰って休むようにと勧めたんです」

ちょうどそのとき病室のドアが開き、サンダーが姿を現した。看護師は二人を残し、そっと部屋から出ていった。

「子どもたちは？」ルビーは心配そうにきいた。

「フレディーとハリーは、きみが階段から落ち、病院で〝元どおり〟にしてもらわなければいけないとわかっている。もちろんきみがいなくて寂しがっているが、アンナができるだけ気を紛らせようと頑張ってくれている」

「わたしの赤ん坊がまだおなかにいるのはあなたのおかげなのね。看護師から聞いたわ」

「ぼくたちの赤ん坊だ」サンダーは穏やかな口調で訂正した。

ルビーは何を言っていいかわからなかった。ただ胸がいっぱいになり、涙が顔を伝い落ちた。

「ルビー、お願いだから泣かないでくれ」ベッドのすそのほうに立っていたサンダーはそう言ってルビーに近づき、彼女の手を取った。点滴の針はもう抜かれていた。「きみが階段から落ちるのを見たとき、それまでぼくが何を言ったにしろ、何を考えていたにしろ、きみを心から愛していると悟ったんだ。もっとも、それについては、昨夜アテネできみと過ごしたときに薄々感じていた。それで、焦らずに順を追ってきみに対する疑いを晴らしていこうと自分に言い聞かせた。だが、そんな必要はなかった。きみを失うかもしれないと思った瞬間、ぼくは真実に気づいた。それまでぼくはわざと真実から目をそらしていたんだ。きみが言ったように、ぼくはきみの最悪の姿を信じようとした。きみを愛することを恐れたせいで、ぼくは危うくぼくたちの赤ん坊と妻を失うところだった」

「階段から落ちたのは事故だったのよ」

「だが、そもそもの原因は、きみが言おうとしていたことをぼくがやみくもに否定したことにある。許してもらえるだろうか？」

「愛しているわ、サンダー。わかっているでしょう。わたしがいま望んでいるのは、あなたが自分自身を許すことよ」ルビーはサンダーを見あげた。「わたしに関することだけではなく」

言いたいと思っていたことを言うつもり？　ルビーは自問した。この機会を逃したら、きっと後悔するだろう。わたしのためというより、サンダー自身のために言ったほうがいい。

「あなたのお母さまがあなたを傷つけたことは知っているわ」

「母はぼくたち子どもを愛したことがなかった。子育ては母にとっては耐えがたい義務だった。比喩《ひゆ》的な意味ではなく、文字どおり義務だったんだ。ぼくの弟と妹も、ぼく自身も、母が父の富を得るための代価であり、母が望んでいる生活を送るための代価だった。人の金で贅沢《ぜいたく》に暮らし、ひどく派手な生活を送るためのね。ぼくたちが母に会えたのは、母が父に金をねだるときだけだった。母の心にぼくたちの居場所はなかった。母はぼくたちのことを考えるのさえいやがっていた」

ルビーは胸が痛んだ。「お母さまがあなたを拒否したのはあなたのせいではないわ。あなたに欠点があったのではなく、お母さまの中にあったのよ」

ルビーの手を握るサンダーの手に力がこもった。

「ぼくは女性を信用したことが一度もなかったように思う。母が原因だろう。クラブできみを見たとき、母と同じタイプの女性だと思って見ていた。表面しか見たくなかった。本当のきみがどれほど純粋で傷つきやすいか、心のどこかでわかっていたのに、むきになって否定した。きみを利用して祖父に対する怒りを発散した。ぼくの行為は決して許されないものだ」

「いいえ」ルビーは首を横に振った。「あんな状況下では、よくあることよ。わたしがパーティ好きの世慣れた女の子だったら、あなたが欲望以外のものに駆りたてられているのがわかったでしょうに。わたしたちは二人とも過ちを犯したのよ、サンダー。だからといって、自分たちを許せないということではないわ。結婚したとき、わたしたちはどちらも身構えていた。あなたは母親のせいで、わたしは六年前の自分の行為を恥じていたせいで。欲しいものを手に入れたら、すぐさまわたしを追い払ってしまうような男性にバージンをささげてしまったことを恥じていた」

「もう言わないでくれ……」サンダーは申し訳なさそうにうめいた。「おなかの赤ちゃんのことであんな暴言を吐いてすまなかった。きみが階段から落ちたとき、気を失う前に、〝わたしの赤ん坊……〟と言った。そのときわかった。ぼくが何を言ったにせよ、きみのおなかの中の赤ん坊はぼくの子だと。ほかの男の子どもであるわけがないと悟った。もう一度最初からやり直せるだろうか？　ぼくがあんなことを言っても、まだ愛してもらえるかな？」

その質問に答える代わりに、ルビーは身を起こし、優しくキスをした。「あなたを愛さないなんて、わたしにはできないわ」

ルビーがすっかり回復し、島に戻ってから、一カ月余りが過ぎた。彼女はますます幸せになっていた。少なくとも、ルビーにはそう思えた。サンダーが双子の息子たちにとって愛情深い父親であることは証明ずみだ。そしていまや、ルビーのおなかの中にいる子どものよき父親になるつもりでいる。そればかりか、とても愛情深い夫だということも証明しようと懸命に努めていた。

ベッドでサンダーの傍らで横になっていると、ルビーは喜びと愛情で胸がいっぱいになるのを感じた。闇《やみ》の中でほほ笑みながら、サンダーのほうを向き、彼の顎にいとしげにキスをした。

「そんなことをしたら、どうなるかわかっているんだろうね？」サンダーはわざとまじめな口調で言った。二人とも何も身につけていない。

ルビーは声を出して笑った。「あなたに抵抗できないのはわたしのほうで、その逆だとは思わなかったわ」ルビーはサンダーにぴたりと寄り添った。夫の体は実に心地よく、温かかった。

「ぼくがきみに抵抗できると思っているのかい？」サンダーが尋ねた。

サンダーの両手がルビーの体を撫《な》で、彼の息が唇にかかる。ルビーはさらに彼に密着しようとした。彼にキスをされると思うと、相変わらず期待と渇望に息が止まりそうになる。

「愛している……」

彼はルビーの耳もとでささやき、それから同じ言葉を赤く豊かな唇にささやいた。続いてサンダーは舌先でルビーの唇をなぞった。

もはやルビーは待ちきれなくなり、両手で彼の頭をつかんで、唇を開いた。全身に小さな震えが波のように押し寄せてくる。呼吸はしだいに速くなり、体の動きや官能的なささやきが、二人の欲望をさらにあおった。

いつものように、ルビーの興奮ぶりはサンダーをいちじるしく刺激した。ルビーは夫に対する愛情をほんのわずかも隠そうとしなかった。愛情に満ちた優しい言葉をささやき、彼の素肌に官能的な息を吐いた。いまになってルビーは理解した。初めて会ったときからサンダーの体はルビーの愛情に反応し、だからこそ彼もルビーを愛するようになったのだ、と。

いまやルビーの体型は変わりはじめていた。サンダーは少しふくらんだ腹部を優しく愛撫《あいぶ》し、キスをした。

ルビーは彼の頭を見下ろし、なめらかなうなじを撫でた。彼女とおなかの赤ん坊がサンダーにとっていかに大事かは充分にわかっていた。

ルビーの傍らで横になっているサンダーは、彼女の胸のふくらみを手で覆い、唇で胸の頂をじらしながら、下腹部に指をはわせた。ルビーは目を閉じ、彼にしがみついて、体内で寄せては返す欲望の波に身をゆだねた。そして、狂おしいほどの官能の喜びが高まってくると、彼女は笑みを浮かべた。

いまルビーの脚の付け根に手を置いたら、彼女の欲望に火がつくとサンダーはわかっていた。ルビーの呼吸がしだいに不規則になっている。彼女の秘密の場所を撫でれば、すぐにもクライマックスに達するに違いない。そのあと、もう一度彼女の欲望を刺激して彼女の中に入り、二人そろって満足を得るだろう。サンダーは自制心がしだいに弱くなってくるのを痛感した。

サンダーは手をさらに下へと移した。彼女の体の奥が柔らかく潤い、自身を惜しみなく彼に差しだすさまを見ていると、サンダーは心臓が胸から飛びだしそうになった。彼はルビーを見あげながら、彼女の脚を開かせた。欲望でルビーの目の色が濃くなる。彼女の秘めやかな部分を指先でゆっくりと撫でると、欲望に貫かれてサンダーの体にも震えが走った。サンダーの唇はルビーの胸の頂をいっそう強く愛撫し、彼の目は紅潮した妻の肌を見つめていた。

「サンダー……」陶然となってルビーはいとしい人の名を呼んだ。

誘いかけるような懇願の口調に、サンダーの残っていた自制心は打ち砕かれた。

サンダーの唇が肌をはうのを感じるや、ルビーは激しくもだえた。胸のふくらみや腹部、腿、そして最後には秘めやかな部分へと彼の舌が移動する。そしていちばん感じやすい部分を探りはじめると、ルビーは喜びのあえぎ声をあげた。

サンダーはこれ以上待てなかった。けれども必死に自分と闘い、おのれの肉体の欲求に負けて我を忘れたりすることはなかった。彼は二人の喜びを同時に引きだし、やがてルビーの中にゆっくりと入った。夫と妻は巧みに動いてお互いを刺激し合い、最後には手を携えて喜びの波に乗り、はるかなる高みへと運ばれていった。

「愛しているよ」サンダーがささやく。

「わたしもよ。心からあなたを愛しているわ」

「きみはぼくの命、ぼくの世界、闇を照らす光だ。何ものにも代えがたいぼくの大切なルビー」

サンダーの腕に抱かれ、ルビーは安心して目を閉じた。明日の朝は、夫の腕の中で安らぎと愛情に包まれて目を覚ますだろう。それは生涯、繰り返されるに違いない。

エピローグ

「まあ、ルビー、なんてかわいらしい子なの」

生後一カ月を過ぎたばかりの我が子を姉たちが称賛するのをルビーは誇らしげに見ていた。

ルビーの二人の姉とそれぞれの夫をテオポリス島に招待するように手配したとサンダーに聞かされたとき、ルビーは心底驚いた。これ以上ないすばらしい贈り物だった。もちろん、夫の愛情と生まれたばかりの娘は別として。

「サンダーにそっくりね」リジーはいかにも長女らしい威厳を見せて言った。

ルビーは反論する気などまったくなかった。

ヘーベが父親と双子の兄にそっくりなのは事実だ

った。ヘーベが生まれる前、サンダーは女の子だったらルビーに似てほしいと言っていた。だが、黒い髪に黒い目をした父親そっくりの女の子でもサンダーはいっこうに気にしないだろうとルビーは思った。

「もうヘーベはお父さんとお兄ちゃんを意のままに操れるようね」次女のチャーリーが会話に加わり、悲しげにつけ加えた。「ヘーベをちゃんと抱っこしたいのだけれど、この子ったら……」妊娠七カ月の大きなおなかを軽くたたく。「それが気に入らないみたいなの。抱こうとしたら、思いっきり蹴飛《けと》ばすんだもの」

「きっと男の子ね」ルビーとリジーは声を合わせて言い、笑った。

チャーリーは異議を唱えようとして思い直し、夫のラファエルに目をやった。彼のそばにはサンダーと、リジーの夫のイリオスが立っている。イリオスは経験を積んだ父親のように慣れた手つきで生後二カ月の息子、ペリーを抱いている。三人の男性はいかにも楽しそうに語らっていた。

「まあ、そうでしょうね。前回のスキャナー検査で見た感じでは、たぶん男の子だと思う」チャーリーは抑えた口調でつけ加えた。「間違っているかもしれないけれど。それにラファエルは男の子でも女の子でもかまわないと言っているの。でも、わたしは……」小さなため息をつく。「ばかげているのはわかっているけど、どうしてもラファエルにそっくりの小さな男の子を思い描いてしまうの」

「ばかげてなんかいないわ」ルビーは即座に言った。「自然なことよ。双子の息子とヘーベがサンダーにそっくりで、わたしはとてもうれしいもの」

「わたしもペリーのことでは同じように思っているわ」リジーが同意した。「愛情のなせる技ね」

三人は反射的に夫たちのほうを見た。

「わたしたちの三人の子どもの年齢が近くてうれし

いわ。双子の息子たちにとっては格好の弟分になるし」ルビーが言った。

「サンダーはフレディーとハリーを心から自慢に思っているみたいね、ルビー。それにひとりで双子を育てたあなたのことも」リジーは笑みを浮かべて言った。

「ひとりじゃなかったわ」ルビーの声には感謝の響きがあった。「わたしも息子たちもお姉さんたちに支えてもらい、愛してもらったのよ。ひとりでは絶対にできなかった」

「あなたをひとりにしておきたくなかったの。そうでしょう、チャーリー？」リジーがきいた。

「もちろんよ」チャーリーは妹の手を握りしめた。ともにつかの間、三人姉妹だけの時間が流れた。ともに体験した悲劇と、互いの愛情や献身で結ばれた姉妹のきずなはますます強くなった。

チャーリーが額を寄せ合うようにして小声で言った。「きっと特別の守護天使がわたしたちを見守ってくれているのね」

三人は再び夫たちを見やってから、視線を戻した。

「これほどすてきな男性に巡り合い、恋に落ちたわたしたちは本当に幸運ね」ルビーが言った。

「さらにすばらしいのは、夫たちがわたしたちに会えたことを幸運に思っていることね」リジーはかぶりを振り、物憂げに言った。「わたしがテッサロニキに行かないといけなくなって、ひどく心配していたときは、まさかこんなふうになるなんて、誰にも想像できなかったわ」

イリオスに向けたリジーのまなざしを見て、二人の妹は、姉がどれほど夫を愛しているかしみじみと理解した。チャーリーとルビーも自分たちの夫に同じようなまなざしを向けた。

「わたしたちがどんなに幸せかという以外に、もうひとつ話し合うべきことがあるの」

うに顔を向けた。リジーが続けると、チャーリーとルビーは姉のほ
「家のことよ。イリオスがどうしてもローンを完済してしまうと言って、実際にそうしたの。まだあなたたちが家を必要としていると思っていたから、名義はあなたたち二人に変えたわ。でも、もう三人とも家が必要ではなくなったから、慈善団体に寄付したらどうかしら。調べたら、シングルマザーを支援している団体の本部がチェシャーにあるの。そこに家を譲って、宿泊施設として利用してもいいし、売却して代金を活用してもらってもいいと思う」
「すばらしい考えだわ」チャーリーが賛同した。
「同感」ルビーも即座に応じる。
「では、これで決まりね」
「ひとつ、ちょっとした問題があるかも」ルビーが言った。「イリオスがローンを払ったことを聞いたら、サンダーとラファエルも張り合って寄付をしたがるんじゃないかしら」

三人そろって夫たちを見やって笑みを交わしていると、彼らも妻たちのほうを見た。

男らしくてたくましい彼ら。愛に屈したことを認め、その愛が自分たちにとっていかに大切かを素直に表現できる強い男たち……。

「わたしたちは本当に幸運だわ」ルビーはしみじみと言った。姉たちの気持ちを代弁していることはわかっていた。

イリオスとラファエルから離れて妻たちのほうへ向かっていたサンダーの耳にルビーの言葉が聞こえたようだった。サンダーは足を止め、きっぱりと言った。「いや、幸運なのはぼくたちのほうだ。ぼくたちは神に祝福され、美の女神たちの愛を獲得できた幸せ者だ」

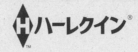

ハーレクイン・ロマンス　2011年3月刊（R-2596）
『望まれぬプロポーズ』を改題したものです。

ギリシア海運王の隠された双子
2024年4月20日発行

著　　者　ペニー・ジョーダン
訳　　者　柿原日出子（かきはら　ひでこ）

発 行 人　鈴木幸辰
発 行 所　株式会社ハーパーコリンズ・ジャパン
東京都千代田区大手町1-5-1
電話 04-2951-2000（注文）
0570-008091（読者サービス係）

印刷・製本　大日本印刷株式会社
東京都新宿区市谷加賀町1-1-1

ISBN978-4-596-53849-9 C0297

4月26日発売

ハーレクイン・シリーズ 5月5日刊

ハーレクイン・ロマンス

愛の激しさを知る

独りぼっちで授かった奇跡	ダニー・コリンズ／久保奈緒実 訳	R-3869
億万長者は天使にひれ伏す《純潔のシンデレラ》	リン・グレアム／八坂よしみ 訳	R-3870
霧氷《伝説の名作選》	ベティ・ニールズ／大沢　晶 訳	R-3871
ギリシアに囚われた花嫁《伝説の名作選》	ナタリー・リバース／加藤由紀 訳	R-3872

ハーレクイン・イマージュ

ピュアな思いに満たされる

生まれくる天使のために	タラ・T・クイン／小長光弘美 訳	I-2801
けなげな恋心《至福の名作選》	サラ・モーガン／森　香夏子 訳	I-2802

ハーレクイン・マスターピース

世界に愛された作家たち
〜永久不滅の銘作コレクション〜

情熱は罪《特選ペニー・ジョーダン》	ペニー・ジョーダン／霜月　桂 訳	MP-93

ハーレクイン・ヒストリカル・スペシャル

華やかなりし時代へ誘う

路地裏をさまよった伯爵夫人	アニー・バロウズ／琴葉かいら 訳	PHS-326
ふたりのアンと秘密の恋	シルヴィア・アンドルー／深山ちひろ 訳	PHS-327

ハーレクイン・プレゼンツ作家シリーズ別冊

魅惑のテーマが光る
極上セレクション

秘密の妻	リン・グレアム／有光美穂子 訳	PB-384

※予告なく発売日・刊行タイトルが変更になる場合がございます。ご了承ください。

今月のハーレクイン文庫

4月刊 好評発売中！

Harlequin 45th Anniversary

帯は1年間"決め台詞"！

珠玉の名作本棚

「愛にほころぶ花」
シャロン・サラ

癒やしの作家S・サラの豪華短編集！　秘密の息子がつなぐ、8年越しの再会シークレットベビー物語と、奥手なヒロインと女性にもてる実業家ヒーローがすれ違う恋物語！

（初版：W-13,PS-49）

「天使を抱いた夜」
ジェニー・ルーカス

幼い妹のため、巨万の富と引き換えに不埒なシークの甥に嫁ぐ覚悟を決めたタムシン。しかし冷酷だが美しいスペイン大富豪マルコスに誘拐され、彼と偽装結婚するはめに！

（初版：R-2407）

「少しだけ回り道」
ベティ・ニールズ

病身の父を世話しに実家へ戻った看護師ユージェニー。偶然出会ったオランダ人医師アデリクに片思いするが、後日、彼専属の看護師になってほしいと言われて、驚く。

（初版：R-1267）

「世継ぎを宿した身分違いの花嫁」
サラ・モーガン

大公カスペルに給仕することになったウエイトレスのホリー。彼に誘惑され純潔を捧げた直後、冷たくされた。やがて世継ぎを宿したとわかると、大公は愛なき結婚を強いて…。

（初版：R-2430）